KB113632

전혀 다른 열두 세계

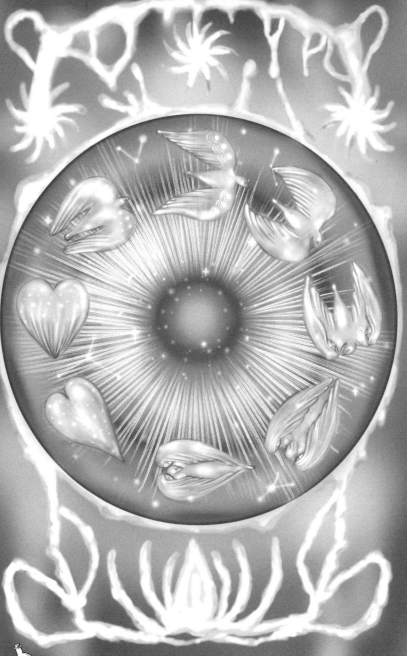

초단편소설집

차례

토끼 굴

"잠깐만요. 방금 그거 다들 보셨나요?"

모니터 십수 대가 줄지어 놓인 해양연구선 '로리나'의 통제실에서, 컴컴한 푸른빛 화면을 줄곧 응시하던 어류학자 멜이 의미심장하게 물었다. 그날 세 번째로 던진 똑같은 질문이었다. 무인 탐사정 '에디스'가 해저 6백 미터 깊이에서 보내오는 메인 카메라 영상에는 이번에도 어김없이 검푸른 물과 흰 거품밖에 찍혀 있지 않았다. 옆자리에 앉은 지질학자 심스의 의아한 시선이 느껴졌다. 잘못 본 것 같노라고 급히 둘러대며 멜은 괜히 어깨를 으쓱했지만, 그의 머릿속에서는 옛 지도교수였던 아자코프 박사의 말이 어지러이 메아리치는 중이었다.

"자연을 관찰하는 연구자의 눈앞에는 말이죠, 가끔 토끼가 나타나기도 한답니다."

처음 그 말을 들었을 때, 멜은 아자코프 박사가 드디어 이상해진 게 분명하다고 확신했다. 해양생물학자인 주제에 갑자기 토끼 얘기라니. 하지만 다행스럽게도 박사는 진짜 토끼 얘기를 하려던 게 아니었다. 그가 말한 '토끼'는 영국의 생물학자 존 홀데인의 토끼였다. 어떤 증거가 제시되면 진화론에 대한 확신을 버리겠느냐는 질문에 "선캄브리아대 지층의 토끼 화석"이라고 대답했다는 유명한 일화 속의 토끼. 혼자 힘으로 현대 생물학의 근간을 뒤흔들고 세상을 뒤집어 놓을 수 있을 발견의 상징.

"예를 들어볼까요? 19세기 말에서 20세기 초까지 활동했던 미국의 천문학자 퍼시벌 로웰은 화성 표면에서 생명체에 의해 만들어진 '운하'를 여럿 찾아냈다고 주장했습니다. 관측 내용을 꼼꼼히 기록해서 지도까지 만들었죠. 비슷한 시기에 독일의 생물학자 요하네스 프렌첼은 아르헨티나의 소금 사막에서 얻은 시료를 관찰하다가 단세포생물과 다세포생물의 중간에 해당하는 기묘한 미생물을 확인하고선 '살리넬라'라는 이름을 붙였고, 정밀한 그림과 묘사도 여럿 남겼어요. 둘 다 대단한 발견이에요. 더 자세히 알아낸다면 지금까지의 생물학 전체를 다시 쓰게 될 가능성도 있으리라는 점에서 특히 그렇고요."

"하지만 그 둘은……."

"다시는 발견되지 않았지요. 그게 토끼들의 습성입니다."

수심 7백 미터 근방에서 탐사정은 깎아지른 듯한 바위 절벽, 버려진 고기잡이 그물, 흐느적거리는 흡혈오징어 등을 차례로 마주쳤다. 흡혈오징어 앞에서는 일부러 멈춰 서서 그 우아한 춤을 잠시 감상하기도 했다. 인터넷으로 송출되는 영상의 채팅창에 뜨거운 반응이 연달아 올라왔다. 기술의 발전은 과학자들이 최첨단 탐사정을 동원해 촬영 중인 심연의 모습을 실시간으로 전 세계와 공유할 수 있도록 만들었다. 하지만 그토록 발전된 기술조차도 흡혈오징어 뒤를 꼿꼿이 서서 지나가는 붉고 푸르고 노란 물고기들을, 민물꼬치고기를 닮았으면서도 동시에 알려진 그 어떤 어류와도 다른 생명체들을 제대로 포착해내지는 못했다. 녀석들의 존재를 희미하게나마 눈치챈 건 이번에도 오직 멜뿐이었다. 신기루처럼 반짝이는 무지갯빛 물고기 무리를 응시하며, 멜은 아자코프 박사의 목소리를 계속해서 멍하니 떠올렸다.

"먼 훗날 화성에 탐사선을 보내서 살펴보니, 로웰이 '운하'를 보았던 장소에는 아무것도 없었습니다. 운하로 오인할 만한 흔적마저도요. 눈의 착각 때문에 엉뚱한 지형을 운하로 잘못 본 것이 아니란 뜻입니다. 남겨둔 기록을 보건대 날조한 것 같지도 않고요. 그건 프렌첼의 살리넬라도 마찬가지죠. 그가 어떤 미생물을 관찰한 것만은 확실해요. 정말로 단세포생물과 다세포생물의 중간에 있는 종이었거나, 아니면 적어도 그렇게 착각할 수 있을 법한 종이었을 겁니다. 하지만 지금껏 지구상 어디에서도 그런 종을 찾아낼 수는 없었어요. '토끼'란 바로 그런 종류의 발견들입니다. 찾기만 하면 세상을 바꿀 수 있겠지만, 수풀 사이로 한번 깡총 뛰어올라서 토끼 굴 속으로 쏙 들어가 버리기에 도무지 다시 찾을 수 없는 발견들 말입니다."

타인에게는 보이지 않는 중대한 발견. 멜은 자기 눈에는 여러 번 어른거렸지만 심스는 전혀 알아채지 못한 화면 너머의 물고기들을 생각했다. 피로나 여타 정신적 문제로 말미암아 헛것을 보는 것 같지는 않았다. 다른 화면에 비친 복잡한 그래프는 여느 때처럼 똑바로 읽혔고, '에디스' 조종 담당자와 나누는 대화 역시 매끄러웠다. 심해 상어의 일종인 여섯줄아가미상어가 카메라에 잡힌 걸 가장 먼저 알아챈 사람도 멜이었다. 기다리던 상어의 등장에 통제실이 온통 천진난만한 환호로 가득 찼다. 그 한가운데서 멜이 아자코프 박사에게 조용히 물었다.

"어째서죠? 정말로 로웰이나 프렌첼의 발견이 진짜였다면, 왜 다른 과학자들은 그런 대단한 발견을 검증할 수 없었던 건데요?"

"그야, 발견과 검증은 별개의 일이기 때문 아니겠습니까."

아자코프 박사의 목소리가 한층 깊어졌다. 말끝의 옅은 한숨이 혹등고래의 노랫소리처럼 장중하게 울렸다.

"제가 어느 날 새로운 생물을, 이를테면 신종 해파리를 찾아냈다고 해보죠. 그렇다고 해서 그 해파리의 존재를 우리가 곧바로 '알게' 되는 건 아닙니다. 잡아서 남들에게 보여주고, 논문으로도 발표하고, 논문을 읽은 연구자들이 같은 해파리를 또 찾아내기도 하고, 진정한 '앎'이란 그런 뒤에야 얻어지는 것이지요. 발견은 앎의 시작일 뿐입니다. 검증이야말로 그 완성이고요."

"그 말씀에는 과학자로서 일단 동의하지만, 질문에 대답이 된 것 같지는 않은데요."

"한 발짝만 더 나아가서 생각해 보세요. 토끼는 단순한 발견이 아닙니다. 생물에 대한, 자연스레 우리 자신의 육체에 대한 이해를 뿌리부터 뒤집을지도 모르는 발견이라고요. 그리고 인간의 뇌는 그런 충격을 받길 원하지 않아요. 근본적으로 변화를 싫어하기 때문에 믿기 힘든 광경을 보면 잊어버리려 온갖 애를 쓰죠. 토끼가 자연 관찰 전문가 중에서도 극소수에게만 모습을 드러낼 뿐, 결코 존재가 입증되지 않는 이유가 과연 무엇이겠습니까? 바로 그런 방어기제 때문이에요, 멜. 우리들의 뇌가 토끼에 대해 진정으로 알길 거부하기 때문이란 말입니다."

멜이 기억하는 아자코프 박사는 이상한 사람이기는 했지만, 이렇게 혼란스러운 말을 늘어놓을 사람은 결코 아니었다. 목소리 역시 낮게 울리기는커녕 새된 고음이었다. 하지만 그런 사소한 기억의 불일치 따위에 신경 쓰는 대신 멜은 토끼에게 더욱 집중하기로 했다. 로웰이나 프렌첼이 본 것과는 다른, 1930년대 초에 미국의 탐험가 윌리엄 비비가 바로 이곳 논서치섬 근해에서 마주친 토끼에게.

윌리엄 비비는 심해 탐사의 개척자라고 불릴 만한 인물이었다. 발명가 오티스 바턴이 설계한 작고 둥근 잠수정 '배시스피어'를 타고서 그는 인류가 이전까지 도달한 적 없는 깊이의 심연을 향해 용감히 내려갔고, 그곳의 기기묘묘한 생물들을 직접 관측해 세상에 알렸다. 심해무지개꼬치고기, 다섯줄별자리고기, 폭발화염방사기새우, 그리고 180센티미터나 되는 몸길이에 양 끝에는 긴 촉수까지 달린 용 모양 물고기까지. 하지만 그 생물 중 상당수는 비비 이후의 어떠한 심해 탐사에서도, 창문이 달린 강철 공에 불과했던 배시스피어가 카메라와 엔진과 로봇 팔을 갖춘 최첨단 탐사정 '에디스'로 발전하는 기나긴 세월 동안에도 다시는 목격되지 않았다.

그뿐만이 아니었다. 비비가 묘사한 생물들은 실존한다기에는 그 생김새가 지나치게 엉망진창이었다. 물론 심해 동물 중에는 악몽에서나 나올 법한 모습을 한 것도 적지 않지만, 그래도 그건 극한 환경에 맞추어 진화한 결과물이라고 이해할 만했다. 비비의 심해어들은 아니었다. 같은 신체 기관이 여럿 달렸거나, 빛이 없는 심해에 어울리지 않게 총천연색이거나, 비슷한 종에 비해 지나치게 크거나……. 마치 어린아이가 제멋대로 상상한 물고기처럼 놈들은 하나같이 자연스러운 진화의 산물일 리 없는, 변형되고 덧칠된 몸을 하고 있었다. 어류학자들이 비비의 증언을 받아들이길 거부한 건 당연한 일이었다. 물론 멜도 마찬가지였다. 적어도 지금까지는.

"카메라 화질이 갑자기 떨어지지 않았어, 멜?"

심스가 불안해하며 내뱉은 말과는 달리 '에디스'의 카메라는 멀쩡했다. 단지 몸 위아래에 똑같은 삼각형 지느러미가 달린, 비비가 '허연돗고기'라 불렀던 창백한 물고기 무리가 렌즈 앞을 유영하고 있었을 뿐. 심스에게는 저 녀석들이 전혀 보이지 않는 걸까? 아니면 심스의 뇌가 눈앞의 영상을 받아들이는 즉시 잊어버리길 반복하고 있을 뿐일까? 확실히 허연돗고기의 생김새는 멜이 보기에도 지나치게 매끈하고 대칭적이어서 밀랍 모형처럼 부자연스럽게만 느껴졌다.

하지만 그토록 부자연스러운 생명체가 화면 저편에

서 태연히 살아 숨 쉬고 있다는 것 또한 멜에게는 틀림없는 사실이었다. 그리고 생물학적으로 불가능한 모습의 물고기들이 존재한다는 말은, 생물학적 가능성에 대한 우리의 지식 어딘가가 잘못되어 있다는 뜻이기도 했다. 피부가 근질거리고 발끝이 찌릿 떨려왔다. 뭔가 알아낼 것만 같았다. 이해할 수 있을 것만 같았다. 자기 눈에만 보이는 물고기들의 존재를 증명해 낼 수만 있다면. 하지만 대체 어떻게?

"흰토끼를 따라가세요. 토끼 굴 속으로, 가능한 한 깊숙이. 어쩌다 마주친 토끼 한 마리를 못 본 척하기란 간단한 일이지만, 이상한 나라 온 사방에 가득한 토끼들까지 죄다 부정할 수는 없을 테니까요."

아자코프 박사의 얼굴을 한 존재가 기다렸다는 듯이, 어김없이 아자코프 박사와는 전혀 다른 목소리로 대답했다. 멜은 그 목소리에 따르기로 마음먹었다. 이런 기회를 놓칠 수는 없었으니까. 인간의 손이 닿지 않는 심해에 숨은, 인간의 뇌가 이해하길 거부하는 비밀의 존재를 입증하려면 1930년대의 잠수정 따위로는 한참 부족했다. 준비가 필요했다. 토끼 굴 속으로 내려가 그 광경을 촬영할 탐사 장비가, 촬영 결과물을 온 세상에 실시간으로 퍼뜨림으로써 무수히 많은 증인을 만들어낼 통신 기술이. 이제야 그 모든 것이 갖춰졌기에 비로소 자신이 이곳 논서치섬 근해에 이끌려 온 것이리라는 모종의 사명감이 멜의 정신을 사로잡았다. 허연돚고기들이 멀어져 가고 있었다.

"뭘들 하고 있나요? 계속 내려가죠."

멜의 지시는 갑작스러웠지만 동시에 기이하리만치 단호했다. 그 기세에 눌린 조종 담당자가 '에디스'를 신속히 하강시키자 화면에 흰 거품이 일었다. 보이지 않는 형체들이 그 사이로 일렁이다가 이내 사라졌다. 심스가 초조하게 다리를 떨어댔다. 자기 자신조차 인지하지 못하는 공포와 욕망에 사로잡힌 그의 눈동자도 함께 떨렸다. 하지만 아직이었다. 더 깊이 내려가야 했다.

"수심 1,500미터 도달. 더 빨리 갑시다. 좌측으로 틀어서 바위틈으로."

검고 긴 생물이 탐사정을 한 번 휘감고 지나갔다. 비비가 목격한 용 모양 물고기와 닮았지만, 촉수가 훨씬 많았고 어쩐지 꼬리 끝에도 머리가 달린 것처럼 보였다. 채팅창이 술렁였다. 멜은 눈 하나 깜짝하지 않았다.

"좋아요. 이 골짜기 끝까지 가는 겁니다. 저것들이랑 부딪히지 말고."

이미 어류라고 부를 수조차 없는 형상의 생명체들이 카메라 앞을 가득 메웠다. 화려한 빛깔과 혼란스러운 신체 구조가 저마다 멜의 뇌리에 화살처럼 날아와 꽂혔다. 탐사정이 부딪히지 않고 가는 걸 보아하니 조종 담당자의 눈에도 놈들이 보이는 게 틀림없었다. 그 사실을 깨닫자 왠지 등골이 꿈틀대는 기분이었다. 입증할 수 있어. 알 수 있어. 저 녀석들이 저토록 제멋대로 생겨 먹은 이유를. 지느러미가 길어지고 눈이 많아지는 방법을. 몸의 무한한 자유를. 탐사정이 마침내 골짜기 끝에 도착할 때쯤 멜은 두 근거리는 가슴을 안고서 모니터를 가만히 들여다보았고

＊

뒤이어 차분한 심호흡과 함께 기지개를 쭉 켰다. 등줄기에서 줄지어 피어오른 네 갈래 팔이 일제히 부르르 떨다가 도로 접혀 피부 아래로 사라졌다. 처음 해보는 동작이었지만 신기하리만치 익숙했다. 이렇게나 간단한 걸 알아내겠다고 방금은 대체 왜 그렇게나 흥분했던 걸까? 괜히 재촉하는 소리를 다 들었을 전 세계의 시청자들 생각에 지레 부끄러워진 멜이 온몸을 알록달록하게 물들였다. 아가미를 마구 퍼덕이면서 화면에 비친 지질학적 구조에 대해 열변을 토하던 심스가 왼뺨으로 슬쩍 눈을 떠 그런 멜을 걱정스레 쳐다보았다.

"아무것도 아니에요. 신경 쓰지 마세요."

멜이 촉수를 하나 더 뻗어 까딱여 보이며 중얼거렸다. 그 머릿속에서는 아자코프 박사와 조금도 닮지 않은 무언가가 다시금 긴 잠에 빠져드는 중이었다. 인류가 다음번 준비를 마칠 때까지, 새로운 토끼 굴 속을 들여다볼 각오가 될 때까지.

그땐 평화가 행성들을 인도하고

"먼저 말해두자면, 나는 너희를 믿지 않는다."

한참 어린 녀석들을 앞에 두고 이렇게까지 비장하게 선언하는 자기 모습이 퍽 우스꽝스럽다고 생각하다가도, 그런 감정에 휘둘리지 않고자 형혹은 일부러 더욱 단호한 목소리로 입을 열었다. 회의실 탁자 맞은편에 줄지어 앉은 아이들은 그 묵직한 선언에도 딱히 겁먹지 않은 모양새였다. 누가 먼저랄 것도 없이 눈을 좌우로 돌려 서로의 얼굴을 힐끔거리고 시선을 교환할 뿐. 놀라우리만치 신속하고도 일사불란한 그 일련의 단체 행동이 형혹의 눈에는 지극히 비인간적으로밖에 비치지 않았다. 짧은 시선 교환을 마친 아이들 사이에서 고개를 든 열여섯 살짜리 단발머리 여학생, 세성이 내뱉은 소름 끼치도록 침착한 대답역시 마찬가지였다.

"이해해요, 비서관님."

그 대답과 함께 날아온 미소가 형혹을 한층 더 긴장시켰다. 이런 긴장감조차 형혹에게는 한없이 낯설기만 했다. 대화 상대가 어리기 때문은 결코 아니었다. 막 정계에 입문했을 적에도, 이후 여당에서 주요 직책을 연이어 맡던 시절에도 청소년 단체와 이야기를 나눌 일이라면 종종 있었다. 때로는 직접 찾아가기도 했고, 가끔은 일부러 간담회를 열 때도 있었다. 하지만 그런 자리에서 형혹이 여태 한 일은 아이들이 주섬주섬 준비해 온 이야기를 좀 들어주고, 적당히 좋은 말을 해주고, 같이 기념사진을 몇 장 찍는 게 고작이었다. 설마 이만한 자리까지 올라와 놓고서 고작 청소년 단체 대표를 자처하는 학생과 협상을 벌일 일이 생기리라곤 차마 상상해 본 적도 없었다. 하지만 바로 그 어처구니없는 일이 지금 이 회의실에서, 나아가 전 세계에서 실제로 벌어지는 중이었다.

처음에는 그저 '요즘 애들이 참 신기하다'라는 소문에 불과했다. 자식을 낳은 부모들이 가장 먼저 소곤댔고, 이삼 년 만에 확 달라진 교실 풍경을 마주한 교사들의 증언이 뒤따랐다. 다들 정말 감성이 풍부하고 호기심도 많더라, 서로서로 순식간에 친해지더라, 휴대전화로 뭘 그리 보나 했더니 외국에 사는 또래들과 친구가 돼서 서로 말을 가르쳐 주고 있더라……. 한동안 세상은 이 모든 것이 공교육의 승리라며 느긋하게 자화자찬만 늘어놓았다. 학교폭력 건수가 해마다 뚝뚝 곤두박질쳐도, 누가 시키지도 않았는데 지역 복지시설을 찾아가 봉사하는 초등학생들 이야기가 매일 뉴스를 타도, '#FixTheWorldNow'가 전 세계의 SNS를 도배해도 그저 대견하게만 생각했다. 뭔가 심상치 않게 돌아간다는 사실을 어른들이 슬슬 깨달을 때쯤 착한 아이들은 이미 훌쩍 커버린 뒤였다. 봉사 활동이나 해시태그 달기보다 훨씬 위협적인 일을 벌일 수 있을 만큼.

"슬슬 본론으로 들어가죠. 보내드린 요구사항은 확인해 보셨나요?"

"이것 말이지? 물론 읽어봤다. 처음부터 끝까지 전부."

세성이 또박또박 건넨 물음에, 형혹은 책상에 놓인 두 꺼운 서류 뭉치를 손끝으로 꾹 누르며 대꾸했다. 서류 앞 장에 큼지막하게 박힌 '다음세대행동' 로고가 그 바람에 살짝 구겨졌다. 최근에는 SNS며 학교며 거리 어디서든지 볼 수 있게 된 로고였다.

세성이 이끄는 다음세대행동은 지난 몇 년 사이 들불 처럼 세계에 번진 대규모 청소년 운동의 국내 버전이었 다. 온 나라의 학생이란 학생들이 모두 같은 깃발을 내걸 고서 함께 성명을 발표했고, 행진을 벌였고, 등교 거부에 나섰다. 일선 교사들은 물론 교육감과 교육부 장관까지 나서서 그만두길 호소해도 무용지물이었다. 심지어 대통 령이 직접 "앞으로는 청소년이 더 살기 좋은 나라를 만들 겠다", "조만간 대화의 자리를 마련해 보겠다" 같은 의사 를 표명했는데도 마찬가지였다.

그렇다고 애들을 무력으로 진압할 수도 없는 노릇이 었다. 정말 무력을 쓴 나라도 아예 없는 건 아니었으나, 그런 결정이 불러온 거대한 역효과는 군이 설명할 필요 도 없으리라. 그러니 어쩌겠는가? "원하는 건 이것뿐"이라 면서 대통령실에 직접 보내온 요구 사항을 한번 들춰라도 보는 수밖에. 세성이 다시 물었다.

"수용하실 건가요?"

수용할 거냐고? 형혹은 한동안 대답하지 못하고 입술 만 잘근잘근 깨물었다. 애들의 투정을 받아들여서 이 사

23

태를 끝낼 수만 있다면 얼마든지 받아들이자는 게 현 정부의 원래 입장이었다. 언제까지고 학교를 텅 비워둘 수도 없을뿐더러, 이토록 많은 아이들이 대체 무엇을 위해 학업마저 내팽개치고 온종일 "세상을 고쳐라! 지금 당장!"만 외쳐대고 있는 것인지 한번쯤 귀 기울일 필요는 있다고도 생각했으니까. 하지만, 하지만…….

"너희는 정말 이 요구 사항들이 다 받아들여지리라고 생각한 거냐?"

서류를 한 장씩 보란 듯이 넘기며 형혹이 한숨 쉬듯 말했다. 탄소중립 달성, 산업현장 안전 문제 개선, 동성혼 법제화 및 성소수자 인권 보장, 군 감축과 국방 예산 축소 같은 거창한 표제들이 형광등 불빛을 받아 빛났다가 팔랑팔랑 그늘 속으로 사라졌다. 푸념에 가까운 목소리가 힘없이 회의실 안을 울렸다.

"이게 나쁜 이야기라는 게 아니다. 다 좋은 이야기야. 언젠가는 실현되어야 할 의제들이기도 하고. 하지만 이걸 당장 다 실현해 달라고 여태껏 그 난리를 쳤다니……. 그래, 너희가 아직 사회 경험이 부족해서 잘 몰랐다고 생각해 주마. 이제부터 배우면 된다. 아무리 좋은 목표라도 현실에서는 어디까지나 한 번에 하나씩, 한 발짝씩 천천히 달성해 나가야 한다는 걸."

"이상한 이야기네요. 언젠가 실현되어야 한다면서, 왜 지금은 안 되죠?"

"합의가 안 됐으니까! 탄소 배출은 물론 줄여야 하지

만, 그렇다고 기업에서 자발적으로 손해를 감수해 주겠
니? 동성혼 법제화를 무작정 밀어붙이면 종교계가 가만
히 있을까? 세상 사람들은 저마다 생각도 이해관계도 다
른 법이란 걸 설마 모르지는 않으리라 믿는다. 그래도 열
심히 설득하고, 참을성 있게 기다리고, 때로는 조금 물러
나기도 하면서 어떻게든 합의를 이끌어내는 게 정치란 말
이다."

"우린 그 요구 사항을 합의하기까지 한 달도 안 걸렸
는데요."

세성의 말에 다른 아이들이 일제히 고개를 끄덕였다.
그 광경이 형혹을 더욱 혼란스럽게 했다. 유별나게 조숙
한 아이 몇몇이 사회를 바꿔보겠다며 순진하게 뛰쳐나오
는 일이야 과거에도 종종 있었지만, 집안도 배경도 관심
사도 전부 다를 전국의 청소년 수백만 명이 거기에 일제
히 동조하고 있다는 건 역시 말이 되질 않았다. 직접 대면
해 보니 확신은 더욱 굳어졌다. 형혹의 등골에 소름이 쫙
흘렀다.

"이래서 너희를 믿지 않는다는 거다. 자기하고는 별
상관도 없는 문제에, 무슨 세뇌라도 당한 것처럼 우르르
달려들어서는……. 솔직히 말해봐라. 넌 애들의 리더니까
뭔가 알고 있겠지? 아니면 네가 애들을 조종하고 있는 거
냐? 실제로 그렇게 말하는 전문가도 있어. 요즘 애들은 사
실 개미나 벌처럼 지령에 따라 움직일 뿐이고, 너 같은 애
들이 바로 여왕벌 역할을 한다고 말이야."

"유튜브에 올라오는 영상이 다 진짜는 아니에요, 비서
관님."

"하지만 전부 거짓말도 아니겠지! 실제로 그렇게라도
생각하지 않으면 지금 상황은 도무지 설명이 안 되니까!
너희는 뭔가 단단히 잘못되어 있는 거야. 너무 빠르고 조
직적이란 말이다. 그게 정말 인터넷 때문이든, 백신 때문
이든, 아니면 너희 같은 애들이 태어나기 직전에 나타났
던 그 혜성, 그게 정말 혜성이었는지 뭔지는 몰라도, 아무
튼 그 이상한 물체 때문이든……."

형혹의 횡설수설 앞에서 세성은 곤란하다는 듯이 멋
쩍게 웃어 보이더니, 이내 부드러운 목소리로 조곤조곤
설명하기 시작했다. 꼭 토라진 어린아이를 달래는 듯한
말투로.

"우리는 곤충이 아니고, 아마 외계인도 아닐 거예요.
물론 저도 여왕벌이 아니고요. 이런저런 뇌 검사를 받아
본 친구들도 많은데, 그 결과에 따르면 우리가 비서관님
같은 어른들과 다른 점은 하나밖에 없다더라고요. 소위
'공감 능력'이라고 두루뭉술하게들 말하는, 타인의 감정을
이해하고 타인의 처지를 상상하는 힘. 그게 어른들보다
훨씬 뛰어나대요."

"헛소리 마라. 공감 능력이 대체 이 꼬락서니와 무슨
상관이지?"

"우리가 먼저 묻고 싶은데요. 눈앞에서 친구가 물에
빠져 허우적대고 있으면, 비서관님께서도 일단 구해내려

고 뭐든 하실 거잖아요? 그러면서 왜 곳곳에서 다른 이유로 죽어가는 사람들에 대해서는 먼저 합의가 필요하다고 말씀하시는 건가요?"

"그걸 질문이라고 하는 거냐? 완전히 다른 문제잖아! 동일 선상에 놓고 볼 게 아니라고!"

"우리에게는 정확히 같아요. 바로 그 얘기를 하는 거예요."

재차 말문이 막혀버린 채, 형혹은 정면에서 반짝이는 두 눈을 그저 멍하니 쳐다볼 수밖에 없었다. 수수께끼 같은 감정의 연쇄가 끊임없이 소용돌이치는 눈. 하지만 정말로 두려운 것은 그 소용돌이 속에서 형혹에 대한 이해가 뚜렷하게 형체를 갖춘 채 도사리고 있다는 사실이었다. 형혹은 세성을 전혀 이해하지 못했다. 세성은 형혹을 전부 이해하고 있었다.

"우리가 보기에, 비서관님께서는 타인의 감정을 제대로 느끼지 못하는 것뿐이에요. 그래서 무시해 버리는 거죠. 괴로워하는 사람들을, 충분히 구할 수 있는 사람들을. 서로가 어떻게 느끼는지 모르니까 합의에 시간을 지나치게 낭비하고, 자신의 감정밖에 느낄 수 없으니까 이기적으로 생각해 버리는 거예요. 우리는 그렇게 하지 않아요. 한 사람의 감정이 곧 우리 모두의 감정이에요. 모두의 감정을 똑같이 느끼니까, 모두의 감정을 놓고 판단할 수 있어요."

"설령 너희 말이 사실이라도 그건, 그건 그냥 감정에

휘둘리는 거야. 감정에 휘둘리면 거짓 울음에 속아 넘어가고, 결국 불필요한 데에 자원을 쏟게 된다는 말이다. 정확한 판단을 할 수 없어."

"한두 번은 속을 수도 있겠죠. 하지만 우리도 학습이란 걸 하거든요. 아, 물론 복수할 줄도 알고요."

세성이 농담처럼 덧붙인 말에 아이들이 이번에는 일제히 웃음을 터뜨렸다. 형혹은 웃지 못했다. 그 머릿속에서는 다만 불길한 상상만이 계속되고 있었다. 모든 사람의 감정을 자기 것처럼 느낄 수 있는 아이들, 그렇기에 세상 모든 위기를 자기 위기처럼 느껴 버리는 아이들, 그렇다면 물에 빠진 사람이 끝까지 발버둥을 치듯이 이들도 절대 물러나지 않으리라, 한국에서만 수백만 명의 아이들이……. 눈앞에 나동그라진 서류의 묵직한 두께가 다시금 형혹의 눈에 비쳤다. 그저 까마득했다. 목소리에도 더는 힘이 실리지 않았다.

"하나만 더 묻자. 만일 내가, 대한민국 정부가 이 요구 사항을 결코 받아들일 수 없다고 말한다면, 그땐 어떻게 할 셈이지?"

"그런 일은 일어나지 않아요. 언젠가는 결국 받아들여질 테니까."

반면 세성의 목소리에는 전혀 흔들림이 없었다. 여전히 무섭도록 침착할 뿐이었다.

"생각해 보세요. 우리는 결국 커서 취직을 하고, 공무원이 되고, 또 군대에 갈 거예요. 그동안 우리 세대는 계속 태어날 테고요. 언젠가 세상은 우리 손에 들어와요. 다만 그때까지 기다릴 이유가 없으니까, 당장 힘들어하는 사람이 있으니까 이렇게 나선 것뿐이죠."

그제야 비로소 형혹은 아이들이 회의 내내 전혀 겁먹지도 긴장하지도 않았던 이유를 깨달았다. 상대가 청와대에서 나온 까마득한 어른이라는 사실은 그들에게 전혀 중요치 않았다. 그들은 아마 형혹이 자신들의 말을 듣고서 느낄 감정을 짐작하고 있었으리라. 전신을 덮쳐오는 이 지독한 떨림조차도 그들의 예상 범위 내였으리라. 형혹의 패배는 예정되어 있었다. 터질 듯이 고동치는 심장에 쐐기를 박듯, 최후의 승리 선언이 벌벌 떠는 패배자의 정신을 무자비하게 파고들었다.

"두려워하시는 것도 충분히 이해해요."

세성이 말했다. 또박또박, 그저 평화롭게.

"하지만 믿어주세요. 세상은 더 나아질 거예요. 우리 모두에게."

위에서처럼 아래에서도

생산 공장 문을 열어젖힌 장미열의 얼굴에 달큼하고 도 미지근한 공기가 훅 불어닥쳤다. 천장까지 닿는 수조 60통이 뿜어내는 습기 덕택에 공장 안은 항상 축축했고, 천장을 가로질러 미생물 배양액과 유기재료를 이리저리 나르는 파이프엔 사시사철 물방울이 맺혀 봄비처럼 뚝뚝 떨어졌다. 곳곳의 물웅덩이를 밟아 미끄러지지 않도록 조심하며 미열은 공장 중심부로 천천히 걸음을 옮겼다.

공장은 제법 넓었지만, 공장장은 매번 같은 장소에서 미열을 기다리고 있었다. 땀에 푹 젖은 녹색 작업복 차림 으로. 화이트보드와 모니터로 둘러싸인 사무용 책상 앞에 앉아, 정면의 가장 커다란 수조를 멍하니 올려다보면서. 그 모습을 확인한 미열이 가장 먼저 건네는 말도 매번 같 았다.

"월간 보고서 가져왔어, 금여명."

그 말이 나오기가 무섭게 공장장이 의자를 빙글 돌려서 뒤를 돌아보았다. 땀방울과 흥분으로 뒤범벅된 얼굴이 미 열을 향했다. 재촉해 묻는 목소리에는 기대감이 역력했다.

"마침 기다리고 있었는데! 이번 달은 어때? 호랑이들 이 좀 활약하고 있어?"

"진작 멸종했더라. 2주하고도 40시간 만에."

미열의 무뚝뚝한 대답에 공장장 여명의 얼굴이 싹 굳

었다. 급히 보고서를 건네받아 확인하는 동안 그 낯빛은 시시각각 어두워지기만 했다. 호랑이 개체 수 변동 그래프, 서식지 면적 감소 추이, 활동 내용 및 사망 원인 분석…… 이 모든 자료는 기껏 새로 생산해서 이번 계절이 시작될 때 야생지에 풀어놓은 호랑이 300마리가 겨우 포식자 한 종에게 80퍼센트 이상 잡아먹혀 버렸다는 뼈아픈 사실을 가리켰다.

호랑이들을 죄다 잡아먹은 문제의 포식자는 좌우로 벌어지는 단단한 부리와 땅굴을 파는 발톱, 진동을 감지하는 섬모를 지닌 '바발론'이라는 이름의 중형 육식동물이었다. 홀로 사냥하는 육중한 사족보행 동물인 호랑이는 바발론의 감지에서 벗어날 수도 없었을 테고, 갑자기 땅속에서 튀어나오는 부리에 대응할 방법도 마땅치 않았으리라. 보고서를 다 읽은 여명이 이런 볼멘소리를 내뱉는 것도 당연했다.

"아, 뭐야. 치사하게! 이러면 나는 뭘 어떻게 하라고!"

"그러게. 이제 어떡할 거야?"

여명의 부루퉁한 얼굴을 내려다보며 미열이 물었다. 대답은 뻔했다. 잠시나마 빛을 잃었던 눈동자에 다시금 불을 붙인 채, 여명은 단호하기 그지없는 태도로 이렇게 대답했다.

"당연히 다음 계절 준비해야지. 이번엔 허무하게 당했지만, 다음번엔 호락호락하지 않을 거야."

＊

실험실에서 생명체를 창조하는 일은 한때 연금술사
들의 오랜 꿈이었다. 전설적인 무슬림 대학자 자비르 이
븐 하이얀은 인공적으로 생물을 만들어내는 위업 '타크윈'
을 목표로 삼았고, 16세기 스위스의 파라켈수스는 '호문
쿨루스'라 불리는 인조인간 제조법을 연구했다고 전해진
다. 이들이 하필 생명 창조를 꿈꾼 이유는 간단하다. 세상
만물을 만들었다고 하는 전지전능한 신을 흉내 내, 하늘
에서 벌어진 기적을 땅에서 직접 재현하기를 원했으니까.
그렇기에 신의 힘을 빌리는 마법이나 신의 뜻을 읽어내는
점성술과 마찬가지로, 연금술은 신의 창조를 모방한다는
점에서 가장 근본적인 지혜로 여겨졌다. 연금술사들은 신
이 되고 싶어 했다. 신이 미리 만들어 놓은 생명체들을 연
구하는 데에 만족하지 않고, 자신만의 생명체를 손수 빚
어내고자 했다.

그러한 연금술사들의 오랜 꿈이 지금은 당연한 일상
에 불과하다. 막 어린 티를 벗은 학생이 몇 개월쯤 소프트
웨어를 공부한 다음, 교외의 창고를 하나 빌려서 중고 장
비를 설치한 뒤 수조에 미생물과 유기재료를 들이붓기만
하면 언제든 자신만의 생명체를 빚어낼 수 있는 시대니
까. 도시의 골목에는 아이들이 주문 제작해 데리고 놀다
가 내다 버린 형형색색의 털북숭이들이 기어 다니고, 태
평양은 대기업에서 방류한 광합성용 플랑크톤으로 가득

하다. 한때 사바나와 툰드라, 열대우림과 사막을 주름잡던 옛 동식물들은 더 효율적이고 체계적으로 설계된 후예들과의 생존 경쟁에서 패해 자취를 감춘 지 오래다. 인류는 스스로 망가뜨린 생태계를 처음부터 다시 쌓아 올림으로써 세상 그 자체를 끊임없이 새로 만들고 있다. 옛 연금술사들의 기준대로라면 현대의 인류는 신이나 마찬가지다.

그리고 수억 명의 신 중에서도 특히 열정적인 자들은 '야생지'에 모여든다. 야생지는 정부나 기업에서 관리하는 외부 생태계와 격리되어 있기에, 번거로운 국제 규제를 신경 쓰지 않고 어떠한 합성 생물이든 풀어놓을 수 있는 실험의 장이다. 장소에 따라 면적도 기후도 다르지만 그런 곳을 찾는 자의 목적만큼은 항상 같다. 자기가 고안한 신종이 여기에 적응할 수 있을지, 경쟁자들의 종을 물리치고 살아남을 수 있을지 확인하는 것. 가장 성공적인 종을 만들어낸 사람에게는 때론 적잖은 상금이, 때론 대기업의 스카우트 제안이, 때론 트로피를 들어 올리며 활짝 웃는 얼굴이 만천하에 생중계되는 명예가 주어진다. 그렇기에 이 순간에도 야생지의 신들은 저마다 창의력을 총동원해 가장 우수한 종, 가장 끈질긴 종을 설계하려 애쓰고 있다……. 이는 미열과 여명도 마찬가지였다. 그러나 미열이 지금까지 곁에서 관찰한 바에 따르면, 여명이 노력하는 방향은 엇나가도 한참 엇나간 채였다.

*

"설마 대형 사족보행 동물이라는 게 약점이 될 줄은 몰랐어. 뭐, 이제 알았으니까 대비하면 그만이지. 다음 계절에는 지면을 거미줄처럼 덮으면서 퍼져나가는 균류를 같이 도입해서, 그 무엇도 땅을 뚫고 나오지 못하게 만들 거야! 그럼 바발론도 호랑이를 공격할 수 없을걸!"

30분 정도 화이트보드에 무언가 끼적이며 중얼대던 여명이 마침내 자신만만한 목소리로 선언했다. 그 모습을 보고서 미열은 일단 한숨부터 푹 쉰 다음, 화이트보드로 다가가 지우개를 들고 지금껏 여명이 적어놓은 내용을 깨끗이 지워버렸다. 냉랭한 조언과 함께.

"소용없어. 다음 계절에 바발론이 또 출전하지는 않을 테니까. 호랑이가 멸종한 뒤에는 먹이가 없어서 금방 굶어 죽어버렸으니, 생각이 있다면 다음번엔 전략을 완전히 바꾸겠지."

"음, 하긴. 그것도 그렇네."

"'그것도 그렇네'가 아냐, 금여명. 실패한 종을 그대로 다시 출전시키는 건 바보짓이란 얘기니까. 언제까지 호랑이처럼 비효율적인 종에 집착할 거야? 체급도 애매하고, 민첩성도 떨어지고, 에너지 효율도 별로고, 제대로 된 위장 무늬는커녕 어설픈 줄무늬나 그려진 녀석이 어떻게 야생지에서 살아남겠어?"

"할 수 있어. 옛날에는 가능했는걸."

정면의 큰 수조를 향해 시선을 돌리며 여명이 대꾸했다. 수조 안에서는 호랑이 수십 마리의 골격과 근육이 줄지어 만들어지는 중이었다. 미열이 보기에 녀석들은 진작 폐기했어야 마땅한 실패작에 불과했다. 맹독성 가스를 뿜어내는 '테리온', 신체 밀도를 극한까지 낮춰 허공을 부유하는 '아이와스', 높은 지능을 살려 무리를 이루고 협력하며 여러 계절을 끈질기게 버텨온 '누이트' 등이 우글대는 야생지에 호랑이 따위가 설 곳은 없었으니까. 하지만 여명에게는 달랐다. 여명이 호랑이를 보는 시선에는, 호랑이에 대해 말하는 목소리에는 항상 진한 애착이 서려 있었다.

"세상이 이렇게 되기 한참 전에, 호랑이는 충분히 성공적인 종이었어. 생물학적으로는 물론 문화적으로도. 수많은 문화권이 호랑이를 숭배했고, 호랑이를 기리는 시도 있지. *호랑이여, 호랑이여, 밤의 숲속에서 찬란히 타오르는 불꽃이여. 어떤 불멸의 손이며 눈이 네 두려운 균형을 빚어낼 수 있었으랴?*•"

"두려운 균형이고 뭐고, 2주 만에 멸종한 게 현실이거든……."

뭐라고 쏘아붙여도 씨알조차 먹히지 않으리라는 생각에 미열은 말꼬리를 흐렸다. 물론 여명이 정말로 옛 시인의 말만 믿고 호랑이를 야생지에 풀어놓는 게 아니라는

• 윌리엄 블레이크, 〈호랑이(The Tyger)〉, 《경험의 노래(Song of Experience)》(1794)

사실쯤은 미열이 누구보다 잘 알았다. 시대에 뒤떨어진 포식자인 호랑이와 공생함으로써 그 능력을 극대화할 종을 만드는 일이야말로 여명의 주된 관심사였다. 다른 동물을 마비시켜 호랑이가 그 느린 속도로도 사냥감을 잡을 수 있게끔 해주는 버섯. 호랑이의 어설픈 줄무늬와 가장 잘 어우러지는 풀, 약해진 동물의 상처를 감염시켜 호랑이를 유혹하는 냄새를 뿜는 박테리아 등등이 아니었더라면 호랑이는 2주는커녕 사흘도 채 버티지 못했으리라. 사실 버섯이나 박테리아는 호랑이가 멸종한 뒤로도 한참 동안이나 번성했다. 그만큼 여명의 생물 합성 실력은 뛰어났다. 처참한 전적에도 불구하고 미열이 여명을 떠나지 않는 이유 중 하나였다.

그러니까 제발 호랑이만 포기해 주면 좋으련만.

하지만 이번 계절에도 미열의 바람은 이루어지지 않을 모양이었다.

＊

먼 과거의 연금술사들이 꾸었던 꿈은 그 후예인 과학자들에 의해 비로소 실현되었다. 연금술사들은 철을 금으로 바꾸길 바랐고, 과학자들은 정말로 한 원소를 다른 원소로 바꾸는 데에 성공했다. 연금술사들은 실험실에서 생명을 창조하고자 했고, 과학자들은 정말로 세상 모든 생물을 새로 창조해 냈다. 그뿐만이 아니었다. 마법처럼 병

을 고치기도 하고, 그 어떤 점성술사들보다 훤히 우주를
내다보기도 했다.

하지만 과학이 그만큼 발전하는 동안에도 이미 뒤처
져 버린 꿈에 매달리는 사람은 항상 있었다. 기적이 일어
나리라 믿으며 기도와 주문에 매달리는 사람이, 인공위성
으로 뒤덮인 밤하늘을 보며 미래를 점치려는 사람이, 자
비르 이븐 하이얀과 파라켈수스의 문헌을 뒤지며 과학이
밝혀내지 못한 연금술의 비밀을 찾아내려 애쓰는 사람이.
그들은 여전히 신의 반열에 오르겠다는 꿈을 꾸었지만,
그 이상으로 중요한 건 꿈을 이루는 방식이었다. 과학이
라는 지름길을 택하지 않고, 어디까지나 옛날 방법 그대
로, 설령 불가능하더라도.

호랑이 배양 수조에 비친 여명의 반짝이는 눈을 바라
보며, 미열은 여명도 그런 사람들과 닮은 구석이 있다고
문득 생각했다. 모두가 승리를 위해 전력으로 경쟁하는
야생지에서, 여명만큼은 굳이 낡아빠진 옛 짐승을 써서
이기고야 말겠다며 이를 갈고 있었으니까. 돈이나 명예나
지위 따위가 목적이라면 그건 정말로 무의미한 발버둥에
지나지 않으리라. 하지만 호랑이가 생태계의 최상위 포식
자로 다시 군림하는 모습을 딱 한 번이라도 직접 보는 게
유일한 목적이라면 다른 방법은 없을 터였다. 바로 그 점
이 문제였다. 기껏 신과 같은 생명 창조의 권능을 얻었는
데도, 여명은 여전히 인간이 신의 반열에 오르기 한참 전
의 추억을 재현하려 애쓰고 있었다. 참패 소식을 들을 때

마다 실망하고, 투덜거리고, 때론 우울해하다가도 결국 다음 계절에 다시 도전할 의지를 불태우면서.

그래도 언젠가는 여명의 그 굳센 의지가 꺾이지 않을까? 결국에는 인간 시절의 낡디낡은 추억을 포기하고서 진정으로 신이 되길 선택하지 않을까? 그렇게 믿으며 미열은 조금만 더 기다려 보기로 했다. 한때 인류는 환경오염과 무분별한 사냥이 여섯 번째 대멸종을 불러왔다면서 두려워했다지만, 지금은 그만한 대멸종이 매 순간 벌어지며 동시에 무수한 종이 새로이 탄생하는 시대니까. 경쟁에서 밀려날 대로 밀려난 인간과 호랑이가 마침내 대멸종의 파도 속으로 함께 사라질 날이, 그럼으로써 더욱 지혜로운 신과 효율적인 맹수가 야생지에 강림할 날이 분명 머지않았을 테니까.

'그때까지 나도 도와줄게. 호랑이가 끝까지 이기지는 못하더라도, 덜 처참하게 질 수 있도록.'

속으로 그렇게 중얼거리며, 미열은 지워진 화이트보드 앞에서 펜을 집어 들었다. 그렇지 않아도 다음 계절을 위한 구상이라면 이미 한두 개 떠올려 두었다. 잘만 풀린다면 이번에는 호랑이가 3주, 아니, 한 달 넘게 버텨줄지도 모르는 일이었다.

이무기 시절도 한때

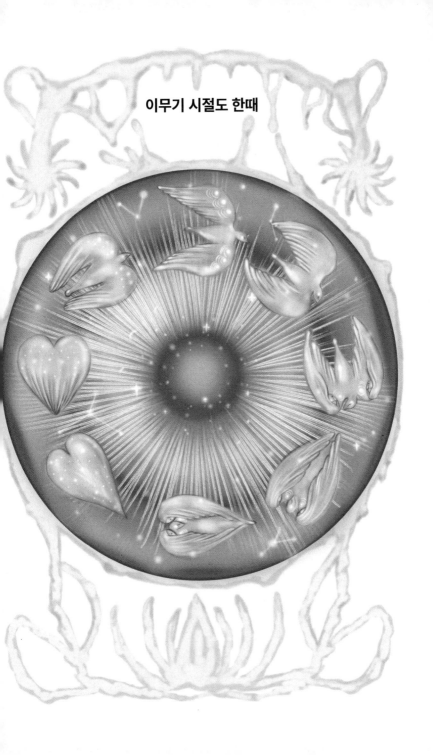

돌이켜 보면 온통 흐리기만 한 봄이었고, 그날도 마찬가지였다. 약속 장소인 버스 정류장에 나보다 먼저 도착해서 오도카니 하늘을 올려다보던 설란의 눈에는 분명 칙칙한 먹구름이 잔뜩 비치고 있었으리라. 낯선 광경이었다. 금방이라도 무겁게 내려앉을 듯한 봄날의 하늘도, 평소처럼 뒤늦게 우당탕 뛰어오는 대신 조용히 나를 기다리고 있던 설란의 실루엣도, 한 발짝 더 다가가니 비로소 분명해진 그 실루엣 곳곳의 크고 작은 변화도. 초등학교 때부터 줄곧 함께였던 친구의 훌쩍 달라져 버린 모습을 나는, 방망이질하는 가슴을 억누르려 걸음을 멈춘 채로, 그저 멍하니 응시할 수밖에 없었다.

갈색 코트 아래로 껑충 뻗어난 다리. 원래보다 두 배쯤 늘어나서 유연하게 뒤로 휘어진 목. 곱슬곱슬한 머리카락 사이를 헤치고 피어나 연신 접혔다 펴졌다 하는 흰색 깃털들. 인기척을 눈치채고서 이쪽으로 돌린 눈동자에는 복잡한 오색 빛이 만화경처럼 일렁였다. 눈이 마주치자마자 만면에 지어 보인 특유의 경쾌한 미소에도 불구하고, 나는 설란이 반갑게 흔들어대는 손의 형태를 어림짐작하는 데만 온 신경을 쏟았다. 지난주에는 분명 내 손보다 작았던 손, 보드라운 솜털 아래로 속이 투명하게 비쳐 보이는 길고 가느다란 일곱 손가락. 그 모습이 뜻하는 건 하나뿐이었다. 그해 봄에 설란은 용으로 변해가고 있었다.

"담초 너, 계속 거기서 내 손만 쳐다볼 거야?"

그렇게 장난스레 투덜거리는 목소리를 듣고서야 퍼뜩 정신이 들었다. 설란의 목소리는 그대로였다―적어도 그때까지는. 주춤주춤 다가가서 올려다본 얼굴 역시 대체로는 일주일 전과 별로 다르지 않았다. 덕분에 겨우 작은 안도의 한숨을 내쉬느라 달싹이던 내 어깨를 딴판으로 달라진 손이 포옥 감싸 안았다. 달라진 머리카락이, 달라진 홍채가 오른뺨 바로 곁까지 다가왔다.

"별일도 아니잖아. 그냥 자라는 중인 건데."

"나, 나도 알거든."

그야 모를 리가 있나. 학교에서도 배우고, 만화나 드라마에도 나오고, 당장 내 친척 중에도 두세 명은 있는데. 명절마다 친척 어른들이 모여 주고받던 이야기에는 툭하면 "공부시킨다고 외국 유학까지 보내놨더니 거기서 홀랑 용이 돼버린 작은아버지"가 등장했다. 용이 된다는 건 그만큼 누구에게나 일어날 수 있는 일이었다. 하필이면 가장 가까운 친구에게 일어나리라고는 미처 상상조차 못 했을 뿐. 소식을 들은 지 며칠이 지났는데도 현실을 받아들이기가 힘들어 혼란스러워하던 내 심정 따위는 아랑곳없다는 듯, 설란은 버스를 기다리는 동안 태연히 이런 소리나 늘어놓고 있었다.

"그러면 이것도 알아? 인도네시아의 무슨 도마뱀은 크

면서 거의 다 용이 된대. 사람은 오히려 잘 안 변하는 축에 든다더라."

"파충류는 원래 잘 변한다잖아. 말이랑 과일박쥐랑, 또 뭐야, 남미에 사는 새들이랑 물고기도."

"그냥 물고기가 아니고 경골어류야. 상어랑 가오리는 제외라는 소리지. 제일 용이 되기 쉬운 건 잉어 종류고……."

이토록 자신만만하게 읊어대는 기나긴 설명도, 분명 지난 며칠간 잔뜩 들떠서 인터넷으로 열심히 찾아보던 내용을 베낀 거겠지. 남의 휴대전화 화면이란 게 반드시 주의 깊게 들여다봐야만 보이는 건 아니다. 시시때때로 위키백과며 블로그 따위를 뒤적이는 동안 설란이 무심코 지었던 설렘 가득한 표정도 마찬가지고. 짜증 날 정도로 상기된 얼굴을 다시금 치켜들며, 설란은 팔을 힘차게 쫙 뻗어 우중충한 하늘 저 위를 가리켜 보였다.

"아마 쟤네도 원래는 잉어 아니면 미꾸라지였겠지? 봐, 담초야! 벌써 잔뜩 모였어!"

설란의 손가락을 따라 머뭇머뭇 올라간 시선 끝에는, 어느새 먹구름에 이끌려 내려온 용 십수 마리가 바람을 타고 허공을 유유자적 맴돌고 있었다. 잉어와도 미꾸라지와도 전혀 닮은 구석이 없는, 크기도 색도 몸 여기저기 뻗어난 지느러미의 모양도 제각각인 길고 흐리멍덩한 녀석들이었다. 그해 봄은 날씨가 정말 엉망이었기에 용들은 매일 하늘을 노닐었다. 하지만 답답하게 시야를 뒤덮던 그 잿빛 풍경 속 용들보다도, 나는 설란의 길쭉한 손가락 끝에 돋아난 무지갯빛 비늘의 반짝임에서 도무지 눈을 뗄 수가 없었다.

*

그즈음 용에 대해 열심히 공부하던 사람은 설란만이 아니었다. 가장 친한 친구가 용으로 변해간다는 소식을 들은 바로 그날부터 나 역시 인터넷을 마구잡이로 뒤지기 시작했다. 설란이 바보같이 신나서 찾아보던 내용과는 조금 다른 정보들을 필사적으로 긁어모으기 위해서.

이를테면, 용은 어디에서 사는가? 물론 하늘에서 산다. 위키백과에 따르면 그들은 거품처럼 가벼운 조직 구조에 힘입어 기나긴 수명 내내 성층권을 비행하다가, 이따금 비구름이나 태풍과 같은 기상 현상을 따라 지표면 가까이 내려온다고 했다. 10년이 조금 안 되는 세월 동안 설란은 나와 같은 동네에, 언제든 찾아갈 수 있는 곳에 살았다. 앞으로는 아닐 것이다.

다음으로, 용과 사람이 이야기할 수 있는가? 용의 말을 이해한다고, 혹은 용의 감정을 느낄 수 있다고 주장하는 사람들이 있다는 것쯤은 진작 알았다. 그중에 과학적으로 검증된 사례가 하나도 없다는 사실은 몰랐다. 폭풍 속으로 모여든 용들이 아주 복잡한 전기신호를 주고받는다는 얘기는 얼핏 들었지만, 그 내용을 제대로 해독해 낸

학자가 하나도 없다는 사실은 역시 몰랐다. 가장 믿을만한 참고 자료는 땅에 떨어진 용의 유해를 연구한 과학자의 인터뷰였다. 그는 용의 몸 전체가 거대한 근육이자 뇌이기에, 원래 잉어였든 사람이었든 일단 용으로 변하고 나면 인간이 헤아릴 수도 없는 지성을 지니게 될 거라고 말했다. 그러니 사람에게 전혀 관심을 안 보이는 것도 당연하다고, 아마 인류의 말과 문명은 용에게 그저 갓난아기의 옹알이와 울음으로밖에 느껴지지 않으리라고도 덧붙였다. 듣고 싶지 않은 말이었다.

그렇다면 하다못해, 일부러 용이 될 수 있는 방법은 있는가? 용이 되는 걸 막을 방법은? 이걸 아는 사람은 정말 아무도 없어 보였다. 과학자들조차도 그랬다. 어떤 사람은 세 살에도 용이 되고, 어떤 사람은 여든에도 용이 되지만, 대다수는 평생 인간으로 살다가 죽는다. 실험실에서 미꾸라지를 용으로 키워보려는 시도는 전부 실패했다. 용이 되는 데에 기후가 관련되어 있으리라는 가설은 지지하는 사람 절반, 부정하는 사람 절반이었다. "유전과 환경의 복합적 영향"이라는 이른바 학계의 주류 의견이 내게는 그저 무지를 그럴듯하게 포장하는 미사여구로밖에 들리지 않았다.

애초에 왜 사람이 용 같은 게 되는 건데! 지푸라기라도 붙잡는 심정으로, 나는 용의 신비를 밝혀준다는 6부작 외국 다큐멘터리를 주말 내내 들여다보았다. 거기 나온 전문가들은 말했다. 기나긴 진화의 역사 도중 척추동물의 유전자에 용의 유전자가 삽입되는 일이 여러 차례 있었을 것이라고. 용의 유전자를 지닌 동물들이 계속 자손을 남겨 퍼뜨린 결과 물고기도, 뱀도, 사람도 용으로 바뀔 수 있게 되었다고. 평소에는 잠들어 있던 그 유전자가 어떤 이유로든 깨어나면 동물이 용으로 변하는 것이라고. 우리의 조상들에게 처음 자기 유전자를 삽입했을 생물, 날 때부터 용이었던 이른바 '태초의 용'을 찾아 탐사 기구를 띄우는 연구자도 있었다. 그는 용을 나비에 비유했다. 애벌레의 몸속에 숨은 나비, 때가 되면 애벌레의 몸을 흐물흐물 녹였다가 재조립해서 자기 몸을 만들어 날아오르는 나비······.

내가 땅에서 꾸물거리는 동안, 혼자 날개를 펼쳐 멀리 날아가는 나비.

그날도 나는 설란이 그렇게 날아가 버릴 순간을 생각하고 있었다. 버스 옆자리에 앉은 설란의 시선이 줄곧 차창 너머 하늘을 향하고 있는 것이 그저 야속하기만 했다. 고개를 돌린 친구의 목덜미 아래서 스멀스멀 박동하는 움직임은 무서우리만치 생동감이 넘쳐서, 당장이라도 고치를 찢고 창밖으로 날아올라 까마득한 회색 구름 저편으로 사라질 것만 같았다.

＊

정말로 그렇게 되기 전에 같이 실컷 놀기라도 하고 싶어서 모처럼 불러냈건만, 가는 날이 장날이라고 우리가 버스에서 내릴 즈음엔 이미 비가 억수로 쏟아지는 중이었다. 어둑어둑해진 하늘을 가로지르는 용들의 시커먼 그림자가 땅을 연신 휩쓸고 지나갔다. 물론 하늘을 나는 용이야 안 보면 그만이지만, 근처의 아무 카페에 후다닥 들어가 앉자마자 곧장 마주한 친구의 얼굴만큼은 도저히 피할 도리가 없었다. 지나가는 사람들의 시선을 한껏 받는 저 깃털투성이 머리카락도, 태평하게 종이 빨대를 물고 아이스초코를 빨아올리다가도 며칠 뒤면 영원히 사라져 버릴 저 얇은 입술도. 그 꼴을 보고 있으려니 속에서 뭐가 확 치밀어 올라, 나는 그만 딸기주스를 탁 내려놓으며 이렇게 쏘아붙여 버리고 말았다.

"넌 섭섭하지도 않아?"

설란이 날 빤히 쳐다보았다. 생전 처음 보는 담담한 얼굴로. 속이 답답하다 못해 뻥 터질 지경이었다. 목소리가 점점 높아졌다.

"설마 생각도 안 해봤어? 앞으론 같이 학교도 못 가고, 이렇게 같이 놀지도 못해. 넌 계속 하늘만 날아다닐 테니까. 이젠 나하고도 그냥, 영영 헤어지는 거라고."

"헤어지긴 무슨. 같이 있는 방법이 달라지는 것뿐이야. 계속 보고 있을 건데, 뭐."

"하지만 생각하는 것도 완전히 달라진다잖아! 우리가 이렇게 막 같이 얘기했던 것도 죄다 유치하다고만 느낄 거잖아! 그럼 다, 다 잊어버릴 거 아냐. 나비가 애벌레 시절 잊어버리는 것처럼……."

이미 내가 무슨 말을 하고 있는지도 알 수가 없는 상태였다. 남들 다 보는 데서 울어버리지 않은 게 기적이었다고나 할까. 하지만 그 절박한 횡설수설은 설란의 깜짝 놀랄 만큼 진지한 한마디 앞에서 그만 뚝 멎고 말았다.

"걱정하지 마. 담초 넌 절대 안 잊어버려."

"네가 그, 그걸 어떻게 확신하는데?"

"다큐멘터리 보고 불안해져서 좀 찾아봤거든. 곤충학자들이 연구해 둔 게 나오더라. 나비는 애벌레 시절 일을 거의 기억한대."

그렇게 말하면서 설란은 조금 부끄럽다는 듯 얼굴을 붉혔다. 정말로 부끄러워해야 할 사람은 나였건만. 생각해 보면 용으로 변해가는 내내 설란이 마냥 신나기만 했을 리가 없었다. 조금이라도 무섭지 않았을 리가 없었다. 내가 찾아본 내용을 당사자가 찾아보지 않았을 리도 없었다. 학교에 못 가게 될 사람도, 가족과 헤어질 사람도, 곧 하늘로 떠나야 할 사람도 내가 아니라 설란이었으니까. 다만 설란은 불안함을 감추고 있었을 뿐이었다. 내가 너무 불안해하지 않도록. 끝까지 같이 웃다가 헤어질 수 있도록.

정말이지, 이렇게나 어른스러운 애가 아니었는데.

그해 봄에 설란은 정말 빨리 자라고 있었다.

*

　그날 비가 그칠 때까지 설란과 카페에서 무슨 얘기를 했는지, 지금은 무엇 하나 똑똑히 기억나질 않는다. 아마 시답잖은 얘기였던 모양이다. 게임, 학교, 드라마, 카페에서 파는 케이크, 그런 유치한 것들······. 그게 설란과 나눈 마지막 대화였다. 다음 날 집에 찾아갔을 때, 설란은 온통 흰 깃털에 덮인 채 침대에 앉아 창밖만 멍하니 쳐다보고 있었으니까. 수십 가닥으로 갈라진 손가락이 시트 위로 늘어져 꿈틀댔고, 목에서부터 허리까지 일렬로 돋아난 풀잎 모양 돌기가 햇빛을 받아 아름답게 빛났다. 그로부터 사흘 뒤, 나는 설란이 마침내 용으로 변해 날아갔다는 소식을 들었다.

　요새도 폭풍우 치는 날이면 이따금 설란일 것이 분명한, 무수히 많은 날개를 지닌 해파리를 닮은 아름다운 흰색 용이 구름 사이로 언뜻 보이고는 한다. 그때마다 설란도 나를 보았을까? 내가 누군지 기억은 할까? 나비에게 일어나는 일이 설란에게도 똑같이 일어났으리란 보장이 있을까? 용이 아닌 인간으로 살아가는 한은 결코 알 수 없을 터이기에, 나는 아마 그 봄날 처음이자 마지막으로 보았던 설란의 어른스러운 미소를 끝까지 잊지 못할 것이다.

새로고침

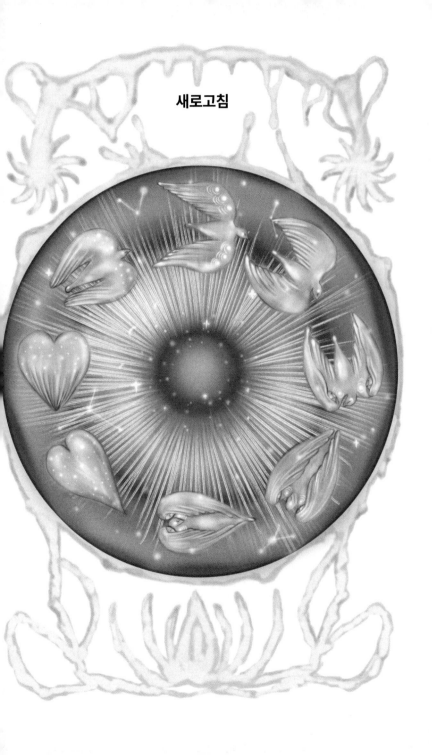

허공을 배회하는 대형 풍력발전기의 날개들이 하나둘씩 회전을 멈추자, 지난 수십 주기에 걸쳐 밤공기를 쉼 없이 진동시키던 나지막한 중저음도 함께 서서히 잦아들었다. 처음엔 실로 오랜만에 찾아온 고요한 어둠이 귀에도 피부에도 낯설었으나, 덕분에 밤마다 머릿속을 간질이던 옅은 두통이 잠시나마 걷혔음을 깨닫자 이내 아늑함이 마음을 감싸 안았다. 하지만 이 달콤한 아늑함을 마냥 반길 수만은 없었다. 하늘에서 들려오던 발전기의 소음이 멈췄다는 것은, 곧 절벽 아래 내려다보이는 땅에서 새로운 소리가 부글부글 끓어오를 것이라는 징조였으니까.

평원 곳곳에 우뚝우뚝 솟아난 광합성 장치가 일제히 뜨거운 숨을 내뱉으며 휴면 모드로 돌입했다. 그 사이를 저벅저벅 돌아다니던 둥근 폐기물 처리 로봇 무리도 저마다 일곱 개씩 달린 다리를 접고 제자리에 주저앉아 몸을 웅크렸다. 모래알보다도 훨씬 작은 나노머신이 모여 만들어진, 틈새도 이음매도 하나 없는 기계들의 반질반질한 표면마다 이내 희미한 잔물결이 일었다. 밤하늘의 반짝임을 그대로 비추며 일렁이는 그 물결은 분명한 신호였다. 저들이 서버에서 최신 데이터를 내려받고자 새로고침을 시작했다는 신호. 가만히 고개를 들어 올려다본 곳에는 무수히 많은 빛의 알갱이가 천구를 가득 메운 채, 점멸 패턴을 바꿔가며 동에서 서로 하염없이 흘러가는 중이었다.

✳

별보다도 아득히 많은 서버의 불빛들이 언제 처음으로 하늘에 흩뿌려졌는지, 서버의 지시에 따라 움트고 자라나고 움직이는 나노머신 군체가 어떠한 연유로 땅에 엎질러졌는지 정확히 아는 사람은 아무도 없다. 다만 입에서 입으로 전해지는 소문만이 곳곳에 무성할 뿐.

북쪽 산맥에 사는 '녹슨 타워크레인' 부족은 먼 옛날의 어느 현자가 전쟁과 오염으로 망가진 세상을 고치고자 나노머신을 창조했다는 전설을 믿는다. '꺼지지 않는 제세동기' 부족의 땅인 머나먼 바닷가에는 서버가 인류의 통제에서 벗어난 것이 극히 단순한 실수 때문이었으리라는 이야기가 대대로 전해 내려온다고 한다. 절벽을 터전으로 삼는 우리 '정밀한 습도계' 부족의 어르신 중에는 단순히 온 인류가 고통받기를 바란 누군가의 악의가 세상을 이렇게 만든 것이라고 주장하는 분도 계신다. 모두 충분히 가능한 가설이다. 증명할 방도는 어디에도 없지만.

그래도 나는 서버와 나노머신의 목적이 최소한 인류의 절멸만큼은 아님을 안다. 만일 그들이 인류를 세상에서 지우고 싶어 했다면 산소를 만들고, 물을 순환시키고, 폐기물을 분해하는 일련의 작업을 딱 한 주기 동안 그만두는 일로도 충분했을 테니까. 그들은 여태껏 그렇게 하지 않았다. 그저 쉼 없이 일하며 세상을 움직였다. 자신들이 움직이는 세상의 현황을 매 순간 파악했고, 이에 따라 움직임의 방향이나 속도를 바꾸기도 했다. 서버가 만든 새로운 알고리즘을 각각의 나노머신이 내려받아 이때까지와는 다른 방식으로 작동해 나감으로써. 새로고침은 그러한 변화를 불러오는 의식이다.

모든 새로고침이 세계를 크게 바꿔놓지는 않는다. 새로고침이 불러올 변화의 규모는 기계들이 다시 움직일 때까지 걸리는 시간, 하늘에 반짝이며 흘러가는 메시지의 길이, 그 메시지에서 가장 큰 글자로 표시된 내용 등으로 어렵지 않게 유추할 수 있다. 예컨대 가장 눈에 띄는 글자가 '나일강 유역의 기후 조절 알고리즘 오류 수정', '멕시코만 이산화탄소 재흡수 속도 소폭 향상', 'D형 광합성 장치 반사도 변경 테스트' 따위인 새로고침은 오래 걸리지도 않고 여파도 상대적으로 작을 때가 많다. 반면에 메시지가 동쪽에서 서쪽으로 끝없이 흐르며 하늘을 가득 메운다면, 주요 내용이 '나노머신 생태계 전반 다각화'나 '총체적 에너지 효율성 개선' 등이라면 아마 새로고침은 날이 밝을 즈음에야 비로소 끝나리라. 그 여파 또한 수백 주기에 걸쳐 세상을 울릴 터이다.

그러나 각각의 메시지가 정확히 어떤 울림을 가져올지 인류는 아직 제대로 파악할 수 없다. 수백 줄짜리 메시지의 어느 작은 한 글자에도 인류의 의사는 반영되어 있지 않으니까. 세상이 움직일 방식을 결정하는 것은 서버고,

인류는 다만 서버가 결정한 세상에서 살아갈 뿐이니까.

기계들은 아직 깨어날 기미가 보이지 않았다. 새로고침이 길어질 징조였다.

잠시간의 아늑함을 몰아내며, 불안이 서서히 고개를 들었다.

*

불안보다는 차라리 희망을 품으려고 나는 잠시 노력해 보았다. 실제로 서버는 종종 내게 도움이 되는 결정을 내리기도 했다. 풍력발전기 팬의 소음을 크게 줄였던 20주기 전의 소규모 새로고침이 대표적이었다. 유별나게 예민한 내 귀와 머리는 한층 조용해진 밤에도 여전히 잔잔한 고통을 호소했으나, 적어도 과거보다 사정이 나아졌다는 사실만큼은 인정할 수밖에 없었다. 혹시라도 이번 새로고침을 통해 소음이 더 줄어든다면 내게는 비할 나위 없이 기쁜 일이리라.

한편 도무지 의미를 알 수 없는 결정이 내려질 때도 가끔 있었다. B형 광합성 장치가 죄다 뜬금없이 한 뼘씩 길어졌다가, 바로 다음 새로고침에서 아무 일 없었다는 듯 원래 키로 돌아왔을 때는 다들 그저 어리둥절해할 뿐이었다. 소음 문제는 말끔하게 해결해 주지도 않으면서 그런 쓸모없는 구석에나 손을 대려고 새로고침을 했다는 사실이 내겐 적잖이 짜증스럽기도 했다. 그러나 짜증 정도야 얼마든지 견딜 만했다. 이번 새로고침의 결과가 썩 마음에 들지 않을지라도, 최소한 조금 기분이 나빠지는 정도에서 그쳐준다면 그건 서버에 고마워할 일이었다.

당연히 서버가 내 감사 따위를 받겠다고 변화의 방향을 틀어 줄 리는 없었다. 인류의 존재를 지구상에서 삭제하려 들지 않는다는 말이 곧 서버가 내 편이라는 뜻은 아니니까. 물론 서버는 우리 부족의 편도, 나아가 그 어떠한 부족의 편도 아니었다. 하늘의 불빛들이 인간 개개인이나 부족 한둘쯤의 운명에는 어떠한 관심도 기울이지 않는다는 사실을 지금까지의 경험은 명백히 보여주었다. 바로 그 사실이야말로 내 불안의 진짜 원천이었다.

나는 42주기 전 '튼튼한 원형톱' 부족의 젊은이들에게 닥친 일을 생각했다. 그들은 폐기물 처리 로봇에 올라타 내부의 녹말 탱크를 손상 없이 끄집어내는 기술을 물려받은 용맹한 전사였다. 하지만 로봇의 다리를 두 개 더 늘려 안정성을 확보하는 새로고침이 이루어졌을 때, 그들 대부분은 쓰러지지 않고 몸을 더욱 격렬히 흔들 수 있게 된 로봇의 움직임을 견디지 못해 속절없이 나가떨어지고 말았다. 누군가는 비참하게 생을 마감했고, 또 누군가는 크게 다쳤다. 다리가 부러져 쓸모를 잃은 한 전사가 부족을 떠나 절벽 아래에서 홀로 죽어가던 모습을 나는 지금도 똑똑히 떠올릴 수 있다.

이런 이야기는 하나만 떠올려도 비슷한 것들이 줄줄이 딸려 나오게 마련이다. 사막에서 온 '푸른 덤프트럭' 부족 출신의 방랑자가 들려준 사연이 그러했다. D형 광합성 장치 밑동의 단백질 저장고를 캐내 굶주림을 해결하던 그의 가족은 하루아침에 모두 시력을 잃었다. 단백질 합성 알고리즘이 바뀌며 유독성 알칼로이드 농도가 급격히 진해져 생긴 비극이었다. 소형 수증기 포집 장치를 가닥가닥 엮어서 집을 짓고 살아가던 '잘 닦인 전파망원경' 부족의 일화도 절대로 잊을 수 없다. 포집 장치의 깃털 무게를 대폭 줄여 에너지 효율을 개선했다는 서버의 메시지는, 곧 삶의 터전이 전부 산들바람에 날아갈 것이라는 사실을 의미했다.

이러한 비극 속에서 오히려 이득을 본 사람도 없지는 않았다. 한층 격렬히 움직이는 로봇에도 매달릴 수 있을 만큼 힘이 셌던 전사들은 '튼튼한 원형톱' 부족 내에서 빠르게 높은 자리를 차지했다. 사막을 유랑하는 '믿음직한 현금인출기' 부족은 안전한 광합성 장치가 모인 곳을 다른 부족에 가르쳐 주며 톡톡한 대가를 받아냈다. '잘 닦인 전파망원경' 부족의 부유층은 하루아침에 집을 잃은 이웃들을 돌로 지은 별장에 들여 충실한 하인으로 삼았다. 그러면서 그들은 입을 모아 이렇게 말했다고 전해진다. 지난 새로고침이 절대적으로 나쁘기만 한 건 아니었다고, 위기를 기회로 바꾸는 건 각자의 몫이라고. 하늘에 흘러가는 메시지를 기록하려 문자판을 바삐 누르는 동안, 나는 머릿속으로 그들의 말을 다시금 떠올려 보았다.

이 두통만 아니었더라면, 나도 그 소리에 고개를 끄덕

였을지 모른다고 생각하면서.

*

풍력발전기 팬이 돌아가는 소리에 예민했기에, 밤마다 머리를 감싸 쥐고 신음하는 것이 일상이었기에 나는 부족의 전사로 뽑히지 못했다. 지도자가 되지도 못했고, 꿈꾸던 탐험가가 되는 일도 역부족이었다. 남은 한 줌의 선택지 중에서 나는 기록자를 골랐다. 매일 하늘을 올려다보고 또 절벽 아래를 내려다보며 징조를 파악하다가, 새로고침이 시작되면 메시지를 베껴 적고 그 내용을 해석하여 알리는 역할을. 처음에는 그 일이 특별히 중요하다고 생각해 고른 건 아니었다. 나는 다만 두통을 악화시키거나 어쩌면 낫게 해줄지 모르는 새로고침의 순간을 누구보다 빨리 알고 싶었을 뿐이다.

하지만 일을 시작하고 얼마 지나지 않아 나는 한 가지 중요한 비밀을 알게 되었다. 가장 강하고 튼튼한 전사들은 내가 전해주는 새로고침의 내용에 별 관심이 없음을. 반면 내 목소리에 누구보다도 주의를 기울이는 건 다치고 아픈 사람, 홀로 남은 사람, 집을 잃고 떠돌다 우리 부족에 흘러들어온 사람임을. 이미 한번 새로고침에 버림받은 그들에겐 변화를 너끈히 견뎌낼 여력이 없어, 다음 새로고침이 그들의 적이 아니어야만 간신히 삶을 유지할 수 있었다. 그렇기에 그들은 새로고침의 결과가 누군가에겐 진정 치명적일 수 있음을 알았다. 위기를 위기로 받아들일 줄 알았다. 오직 그들만이 나처럼 기대와 걱정이 뒤섞인 눈을 하고서 하늘을 올려다보았다.

그들에 대해 어떤 전사는 이렇게 수군거리곤 했다. 매일 끙끙대며 다음 새로고침이 제 편이기만 바라고 앉은 무리에게 왜 녹말과 단백질을 나눠줘야 하느냐고. 우리 부족도 저 기계들처럼 바뀌어야 한다고. 어떤 새로고침이든 기회로 삼을 수 있도록 효율화해야 한다고. 그의 말은 조심스러웠으나 진심이었고, 그나마도 가혹했던 지난 몇 주기를 거치는 동안 점점 덜 조심스럽게 변해갔다. 하지만 부족의 여러 젊은이들과는 달리 나는 그의 말을 조금도 받아들일 수 없었다. 그것은 내가, 그리고 나의 말을 들어주는 사람 모두가 비참하게 버려져야 마땅하다는 뜻이었으므로.

대신에 나는 이렇게 믿기로 했다. 언젠가 인류가 하늘에서 반짝이는 메시지의 뜻을 진정으로 파악하고, 서버가 나노머신 군체에 내리는 명령의 패턴을 이해하고, 나아가 전설 속 옛사람들처럼 그것에 간섭할 힘을 얻을 날이 올지도 모른다고. 하지만 그러려면 새로고침에 끊임없이 주의를 기울이는 사람들을 버려선 안 된다고. 그들만이, 다른 누구도 아닌 오직 그들만이 기나긴 메시지를 전부 읽고서도 여전히 다음 새로고침의 날을 기다리며 밤하늘을 올려다볼 테니까.

어느새 밝아온 여명 속에서 마침내 폐기물 처리 로봇

들이 하나둘씩 몸을 털며 일어났다. 저마다 새 장갑판을 양옆에 추가로 붙인 채였다. 광합성 장치 끄트머리에는 못 보던 부채꼴 구조물이 불길하게 피어나 있었고, 멀리 떠나가는 풍력발전기 팬의 소음은 이전보다 오히려 조금 더 요란해진 채였다. 문자판에 베껴 적은 기나긴 새로고침 내용을 다시 한번 읽는 동안 속절없는 한숨이 입술 사이로 새어나왔다. 그러면 그렇지. 기대를 품지 말았어야 했는데. 오늘 밤부터는 또 전처럼 끙끙 앓아야 하리라.

이제는 돌아갈 시간이다. 부족 사람 모두에게 이번 새로고침 내용을 알리는 것까지가 내 일이니까. 하지만 아마 내 목소리는 맨 앞줄을 차지하고 앉은 채 대놓고 심드렁한 표정이나 짓는 전사들을 스쳐 지나가, 뒷줄 구석에 옹기종기 모여 불안에 떠는 무리에게만 간신히 닿으리라. 나는 그들에게 말해주어야 한다. 한동안 힘든 세상이 될 예정이라고. 우리를 내쳐야 한다는 목소리는 더욱 커지겠지만, 정작 우리의 목소리는 더욱 쪼그라들지도 모른다고. 그래도 견뎌내고 기억해야 비로소 미래가 오리라고 여러 주기에 걸쳐 속삭여 주어야 한다.

앞으로는 훨씬 바빠질 것이다.

지구돌이

"달에서 뭘 봤느냐고? 허, 기자 양반도 참 뻔하기 그지없는 질문을 하는구먼. 지난 수십 년 동안 내가 그 질문을 얼마나 많이 들어봤을 것 같나? 어림잡아 몇백 번은 될……. 아니, 자네를 탓하려는 건 아냐. 신세 한탄이지. 어쩔 수 없는 일이잖아. 지구를 떠났다가 멀쩡히 돌아온 사람은 온 세상에 나밖에 없으니까. 달에서 뭘 봤는지 윌리엄 앤더스한테 물어볼 수도 없고, 암스트롱이나 올드린한테 물어볼 수도 없고, 물론 불쌍한 앨런 셰퍼드한테 물어볼 수도 없는 노릇이니 당연히 그 모든 사람한테 골고루 쏟아져야 했을 질문을 내가 죄다 떠맡는 수밖에. 그게 남겨진 자의 의무니까. 그 정도는 나도 충분히 이해하네.

 하지만, 하지만 말이지……. 가끔은 나도 자네 자리에 앉아보고 싶다는 생각을 해. 질문을 듣는 자리가 아니라, 답을 듣는 자리에. 죽기 전에 딱 한 번이라도 좋으니까. 그런 마음을 품는 일이 잘못된 건 아니잖나? 자네는 내가 질문에 무슨 명쾌한 대답을 해주길 원하겠지만, 그런 대답을 누구보다도 간절히 원하는 사람은 다름 아닌 나야. 알겠나? 나도 제발 좀 대답을 듣고 싶다는 말일세. 내가 달에서 본 게 대체 뭐였는지 말이야."

  – 에드거 미첼(2015), 《데일리 리플렉션》과의 생전 마지막 인터뷰에서.

✳

"하늘은 검었다. 그곳에는 신들이 있었다."

- 유리 가가린(1961), 우주에서 돌아온 직후에 남긴 말로 알
려짐. 자세한 출처는 불명.

✳

"우주 경쟁의 주요 고지를 연달아 소련에 빼앗긴 미국
역시 가만히 있지 않았다. 유리 가가린이 우주에 나간 지
한 달도 지나지 않은 5월 5일, 이번에는 앨런 셰퍼드가 머
큐리-레드스톤 3호 임무를 통해 15분간의 탄도 비행을 마
침으로써 우주 공간에 닿은 첫 번째 미국인이 되었으며
(중략) 유인 우주개발 계획은 단시간 내에 눈부신 성과를
거두었다. 이대로만 진행한다면 존 F. 케네디 대통령의 말
대로 인류는 1970년이 오기 전에 달을 밟을 수 있을 것만
같았다. 심상치 않은 징조는 서서히 드러나고 있었지만,
그때까지는 단지 희미한 그림자에 불과했다."

- 칼 세이건(1994), 저서 《창백한 푸른 점》에서.

✳

"전 단지 그들한테서 도망치고 싶었을 뿐입니다. 아시
겠습니까?"

- 거스 그리섬(1961), 어째서 리버티벨 7호의 비상 탈출용 해치를 열었냐는 추궁에 답하며.

*

"계산 결과는 명백했어요. 달보다 멀리 있는 무언가가 중력을 통해, 혹은 다른 모종의 수단을 통해 우주선 궤도에 미세하게나마 영향을 끼치고 있었죠. 물론 우리는 이 문제를 상부에 보고했습니다. 하지만 상부에서는 우리의 경고를 무시했지요. 거들떠보지도 않았다는 표현이 정확하겠네요. 우리가 발견한 변수가 아폴로 8호 계획에 영향을 끼칠 만큼 중대하지는 않았다고 결론지은 겁니다. 달 저편에 뭐가 도사리고 있든, 지구에서 달까지만 우주선을 날려 보내는 데에는 기술적으로 아무 문제가 없다는 논리였겠죠.

네, 아주 이해할 수 없는 결정은 아니었습니다. 적어도 계산상으로는 완벽했어요. 우리는 우주선을 달에 보낼 준비가 충분히 되어 있었습니다. 하지만 당시 NASA에 있던 모두는, 저든 높으신 분들이든, 한 가지 아주 중요한 사실을 간과했어요. 우리가 달에 우주선만 보내려는 게 아니라는 사실 말입니다. 아폴로 8호에는 사람이 셋이나 탈 예정이었습니다. 비록 그들의 몸은 달의 중력에 붙들려 궤도를 돌 뿐이겠지만, 그들의 시야는 거기서 멈추지 않고 더 깊은 우주까지 뻗어나갈 터였죠. 그렇다면 달

71

궤도에 도착한 그들의 눈에 어떤 풍경이 비칠지도 한번은 고민해 보아야 하지 않았을까요?"

- 캐서린 존슨(2010), 《내셔널 인사이더》와의 인터뷰에서.

*

윌리엄 앤더스: 우리는 이제 달에서 일출을 맞으려 하고 있습니다. 그리고 지구에 계신 모두를 위해, 우리 아폴로 8호 승무원들은 메시지를 하나 전하고자 합니다. 내가 보니 북쪽에서부터 폭풍과 큰 구름이 오는데 그 속에서 불이 번쩍번쩍하여 빛이 사방에 비치며…….

제임스 러벨: *그 속에서 네 생물의 형상이 나타나는데 그들의 모양이 이러하니…….* (이후 알 수 없는 말을 계속 중얼거림)

프랭크 보먼: 이는 여호와의 영광의 형상의 모양이라 내가 보고 엎드려 말씀하시는 이의 음성을 들으니라. 그럼 아름다운 지구에 사는 모두에게 축복이 함께하길 바라며, 우리 아폴로 8호 승무원 일동은 이만 마치도록 하겠습니다.

- 아폴로 8호 임무 나흘째 교신 기록(1968) 중에서. 성경의 《에스겔》1장 일부를 예고 없이 낭독한 이 교신을 마친 뒤 앤더스, 러벨, 보먼은 약 17시간 동안 지상 사령부의 호출에 응답하지 않았다.

＊

"윌리엄 앤더스가 이른바 '17시간의 침묵' 동안 달 궤도에서 여러 장의 사진을 촬영했다는 사실은 당시에도 어느 정도 알려져 있었지만, 그 자세한 내용은 1급 기밀에 부쳐진 채였다. 한동안 나는 거기에 외계인의 비행접시가 찍혀 있다는 이야기를 진지하게 믿었다. (중략) 기대했던 비행접시 따위는 없었다. 무엇을 찍었는지 식별 가능한 것조차 몇 장 되지 않았다. 캄캄하고 얼룩진 허공을 향해 셔터를 마구 눌러댄 듯한 사진 백여 장 속에서, 나는 그나마 멀쩡한 한 장을 겨우 찾아냈다. 달의 지평선 너머에 반쯤 떠오른 지구를 찍은 사진이었다. 사진 속의 지구는 한없이 멀고 가냘프고 흐릿하게만 보여, 당장이라도 주변의 어둠에 무자비하게 집어삼켜질 것만 같았다."

– 에드거 미첼(1996), 자서전 《탐험가의 길》에서.

＊

"나는 인류에게 허락된 마지막 한 발짝을 내디뎠다. 이것은 그 대가다."

– 닐 암스트롱(1970), 실종 당일 아내에게 남긴 편지에서.

＊

존 스와이거트: 휴스턴, 질문이 있다.

휴스턴 관제 센터: 말해 보라.

존 스와이거트: 우주에도 거미가 사나?

휴스턴 관제 센터: (웃음) 농담하는 건가?

존 스와이거트: 나는 진지하다. 창밖에 거미가 있다. 달보다도 훨씬 멀리 있지만, 아주 커서 또렷하게 보인다. 다리가 정말 많고 몸통은 모양이 계속 변한다. 더 자세히 보고 싶은데 머리가 너무 아프다. 다리도 너무 많다.

휴스턴 관제 센터: 13호, 상황을 자세히 보고하라.

존 스와이거트: 이미 보고한 대로다. 아니, 다리가 점점 많아진다. 암스트롱도 저걸 봤을지 모른다. 앤더스와 보먼이 그 꼴로 돌아온 것도 저놈 때문일지 모른다. 휴스턴, 제발 러벨에게 물어봐 줄 수 없나? 그는 최소한 살아 있기는 하니까, 혹시 대답해 줄 수 있을지도 모른다. 우주에도 거미가 사는지 말이다. 부탁이다. 놈이 우리를 봤다.

휴스턴 관제 센터: 지금 러벨과 연락할 수는 없다. 하지만 방금 세이건 박사가 확인해 주었다. 우주에는 거미가 살지 않는다.

존 스와이거트: 확실한가? 하지만 놈이 저기서 다가오고 있는데. 다리가 저렇게나 많은데.

휴스턴 관제 센터: 13호……. (잠시 침묵)

휴스턴 관제 센터: 아무래도 그쪽에 문제가 생긴 것

같다.

- 아폴로 13호 임무 사흘째 교신 기록(1970) 중에서.

✱

"우리는 전기를 정복했습니다. 우리는 질병을 정복했습니다. 우리는 원자 내부에 숨겨진 힘마저 끌어내 정복했습니다. 이러한 역사가 우리에게 가르쳐주는 점이 하나 있다면, 그것은 지식과 진보를 향한 인류의 여정은 이미 결정된 사안이며 잠깐 지체될지언정 결코 멈춰서는 안 된다는 사실입니다. 작고하신 존 F. 케네디 대통령이 라이스 대학교 경기장에서 국민 여러분께 말씀드린 내용은 지금도 여전히 유효합니다. 우리는 달에 가기로 했습니다. 우리는 달에 가기로 했습니다."

- 리처드 닉슨(1970), 아폴로 13호 참사 추모 연설에서.

✱

"지구 궤도 바깥에서 목격되는 미지의 거대 존재 개체군에 대한 우주비행사들의 공통된 증언, 1967년 ■■ ■ ■■이 처음으로 천문학계에 보고한 전파신호, 1947년 7월 ■■■■ ■■■에서 발생한 이른바 '■■■ ■■' 사건 등이 시사하는 바는 명백함. 이를 대중에게 공개할 시기에 대한 논의가 필요."

- 기밀 해제된 *CIA* 내부 메모(1971)에서 발췌. 일부 내용
은 검열되어 있다.

＊

"골프채를 챙겨오지 말 걸 그랬어. 저놈들한테는 휘둘
러 봐야 소용없겠군."

- 앨런 세퍼드의 유언(1971). 《탐험가의 길》에서 인용.

＊

"성공한 사업가나 정치인처럼 막대한 부와 권력을 손
에 쥔 사람은 과대망상에 빠지기 쉽습니다. 원하는 일은
무엇이든 해낼 수 있으리라고, 역경 속에서도 신이 자신
의 편을 들어주리라고 믿게 되지요. 이는 문명 전체로 보
아도 마찬가지입니다. 한때 인류는 자신들의 가능성에 한
계가 없다고 여겼습니다. 원자들 사이의 미세한 세계까지
성공적으로 지배했으니, 지구 밖의 광대한 세계도 마찬가
지로 지배할 수 있으리라는 환상에 홀려 있었던 겁니다.

하지만 이제 우리는 알고 있습니다. 우리는 달에 갈
수 없습니다. 지구 저궤도 바깥의 세계는 그들의 영역입
니다. 그들은 너무나도 크고 복잡한 존재이기 때문에, 인
간의 눈은 그들을 제대로 담을 수 없고 인간의 정신은 그
들을 제대로 이해하지 못합니다. 존재만으로도 우리의 눈

을 불태우고 정신을 짓밟아 버리는 것입니다. 그들이 바깥에 있는 한 인류는 지구를 벗어날 수 없습니다. 지구만이 우리의 영원한 보금자리입니다."

– 제임스 플레처(1972), 아폴로 계획 중단을 알리는 대국민 연설에서.

＊

"그때 비로소 우리는 다음 기회가 없다는 사실을 깨달았다. 인류는 화성을 사람이 살 수 있는 행성으로 바꿀 수도 없고, 태양 주변에 거대한 구조물을 만들어 무한정 에너지를 공급받을 수도 없으며, 아득한 세월 동안 항해하는 우주선 속에서 세대를 이어 살아갈 수도 없다. 아무리 많은 돈과 대단한 기술이 투자된다 한들 그런 공상을 실현하는 일은 불가능했다. 과학기술은 때로 우리를 좌절시키고, 신은 절대 우리의 편이 아니며, 설상가상으로 우리가 대체 불가능한 터전을 치명적인 살충제와 온실가스와 핵무기 따위로 망쳐왔다는 사실이 명백해졌다. 다시 말해, 인류는 드디어 나아갈 길을 확실히 알게 되었다."

– 칼 세이건(1997), 저서 《에필로그》에서.

＊

"그 질문도 지겹도록 들었어, 기자 양반. 왜 앨런과 스튜어트는 놈들을 견디지 못했는데 나는 견뎌냈는가? 어떻게 나는 마지막 순간 이성을 붙잡고 프로그램의 오류를 직접 수정해 가며 우주선을 몰아 지구에 도달할 수 있었는가? 별것 아냐. 두 사람은 윌리엄 앤더스가 찍은 사진을 안 봤거든. 거기에 비행접시가 찍혀 있다는 소문을 안 믿었으니까. 하지만 나는 소문을 믿었고, 그래서 몰래 사진을 들춰봤고, 덕분에 앤더스가 마지막 순간에 찍으려 했던 게 뭐였는지도 알게 됐어. 마지막 순간에 그걸 떠올렸기 때문에 간신히 놈들에게서 시선을 돌릴 수 있었던 거야.

그랬더니……. 지구가 보이더군. 놈들에 비하면 한없이 가냘프기 짝이 없는 행성 하나가, 놈들의 터전인 광대한 어둠 속에서 서서히 떠오르고 있었어. 그때 깨달았지. 우주 저편에 아무리 무시무시한 존재들이 살고 있을지언정 저 행성만큼은 수십억 년 동안 우리의 은신처가 되어 주었다는 사실을. 저 작고 푸른 행성만 건재하다면 우주의 그 모든 광기와 혼돈 속에서도 희망은 있으리라는 사실을. 그래, 아까 달에 갔을 때 뭘 봤느냐고 물었지? 이제야 그 질문에 대답해 줄 수 있겠군.

난 지구돋이를 봤어. 그게 다야."

－ 에드거 미첼(2015), 《데일리 리플렉션》과의 생전 마지막
  인터뷰에서.

증오가 명예로웠던 시절에

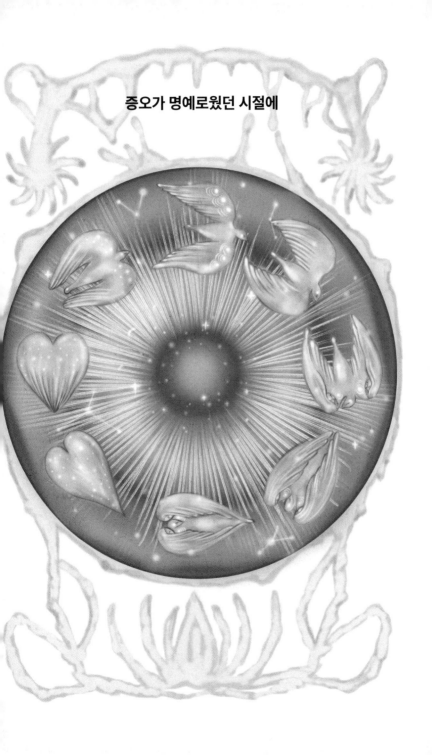

병원 꼭대기 층의 VIP 입원실 바닥에는 부드러운 적갈색 카펫이 빈틈없이 깔려 있었다. 면회객의 날카로운 구둣발 소리조차 나지막이 바스락거리는 정적으로 바뀔 만큼 두터운 카펫이었다. 하지만 병상에 앉아 고개도 돌리지 않고 커다란 창문 바깥만 내려다보던 노인은, 그 희미한 발소리만으로도 면회객의 정체를 단박에 알아채고서 입을 열었다. 젊은 시절을 세계대전의 최전선에서 보냈고 이후로도 줄곧 군에 몸담아 온 사람다운 무뚝뚝한 목소리가 병실 안으로 낮게 퍼졌다.

"키티호크, 기자회견까지는 한참 남았을 텐데."

"'미리 준비할 수 있다면 준비하지 않을 이유가 없다.' 그게 위원장님의 원칙 아니었나요?"

'키티호크'라 불린 면회객의 대꾸에도 노인은 계속 창밖만을 응시했다. 주름진 얼굴이 유리창에 비쳐 보였다. 평생 꺾어본 적 없는 강직한 자존심의 흔적이 곳곳에 깊이 새겨진, 그러면서도 이제는 세월의 흐름에 지쳐 비틀거리는 기색이 역력한 얼굴이었다. 키티호크가 다시 입을 열었다.

"정말로 내키지 않으시는 모양이네요. 평소의 위원장님이셨다면 제가 찾아오기 한참 전부터 제복 차림으로 기다리고 계셨을 테니까요."

"적에게 고개 숙이는 일을 기꺼워 하는 군인은 없어, 키티호크. 그런데도 정말 내게 이 일을 시켜야겠나?"

"여러 번 말씀드렸지 않습니까. '밤꾀꼬리 위원회'에서 과거의 일을 사과하고 책임질 수 있는 사람은 위원장님밖에 남지 않았습니다. 아시다시피 새러토가 위원님께서는 DNA 검사 데이터를 민간단체에 유출했다가 모든 권한을 박탈당하셨고, 인디펜던스 위원님께서는 인터넷에서 증오 발언을 쏟아내는 기피 인물이 되신 지 오래니까요. 레인저 위원님의 경우에는 지난해 민간인을 폭행한 혐의로 아직 재판을……."

키티호크가 위원회 동료들의 근황을 줄줄 쏟아내자 노인은 듣기 싫다는 듯 손사래를 쳤다. 적어도 노인의 기억 속에서 그들은 무슨 기피 인물이나 범죄자 따위가 아니었다. 물론 문제가 없지는 않았다. 참모 출신이던 새러토가는 회의 때마다 사사건건 트집을 잡아댔고, 레인저는 믿음직한 전우였지만 술을 지나치게 좋아했다. 자타가 인정하는 세계대전 승리의 주역 인디펜던스는 할 말 못 할 말을 가리지 않는 고약한 성격으로도 유명했다. 하지만 그들은 전부 영웅이었다. 전쟁 당시에도, 전쟁 이후의 인류를 덮친 새로운 위협 앞에서도.

"다 세상을 지키기 위한 일이었어. 아무리 놈들에게 굴욕적으로 머리를 조아린다 한들, 그 사실까지 부정당해서는 안 되는 거야."

노인이 침울한 목소리로 중얼거렸다.

*

'놈들'은 기나긴 세계대전이 마무리될 즈음 처음으로 지구에 나타났다. 전쟁을 거치면서 발전한 탐지 기술은 정지궤도에 자리 잡은 거대한 비행 물체의 윤곽을 드러냈고, 세계 전역의 대공 방어 기지에서는 적국의 전투기가 아닌 다른 무언가를 격추했다는 보고가 속속 올라왔다. 이질적인 기술로 만들어진 기계, 그 안에 타고 있던 괴생물체들. 외계에서 온 무언가가 지구로 손을 뻗치려는 것이 분명했다.

전쟁 이후 결성된 통합 정부에서 이 낯선 위협에 대응하고자 조직한 기구가 바로 '밤꾀꼬리 위원회'였다. 위원회의 원래 목적은 어디까지나 사안 조사였지만, 조사가 진행되면서 문제가 예상보다 훨씬 심각하다는 사실은 점점 명확해졌다. 격추된 비행체 내에서는 인간의 DNA를 수집한 시료가 여럿 발견되었다. 괴생물체들을 해부한 결과, 그들이 수집한 DNA를 자기 몸에 집어넣어 인간의 모습으로 탈바꿈하려던 정황이 밝혀졌다. 정지궤도에 도사린 대형 우주선은 지구에서 나오는 전파 신호를 끊임없이 도청하는 것처럼 보였다.

오랜 세계대전을 겪은 인류는 이 모든 사실이 무엇을 의미하는지 바로 깨달았다. 놈들은 지구를 침공할 준비를 하고 있었다. 몰래 정보를 수집하고, 인간으로 위장한 채 사회에 침투해, 궁극적으로는 문명을 통째로 집어삼킬 작정이었다. 미증유의 공포 앞에서 위원회에는 더욱 큰 권한이 주어졌다. 외계의 침공에 맞서기 위한 모든 일이 곧 위원회의 소관이 되었다. 그리고 위원회 구성원들은 그 모든 일을 투명하고 공정하게 진행했다. 그들은 국민의 전폭적 지지 없이는 결코 전쟁에서 이길 수 없다는 사실을 누구보다 뼈저리게 알았다. 종족 대 종족의 싸움이라면 더더욱 그러할 터였다.

진실을 숨기는 대신 널리 알려 인류의 의지를 모으기로 한 것은 위원장의 결단이었다. 그가 힘주어 외친 수십 번의 연설은 매번 세상을 절절히 울렸다. 하늘을 가로지르는 그 어떤 수상한 빛이라도 즉시 신고해 달라고 직접 텔레비전 광고에 나와 독려한 적도 있었다. 그러는 동안 새러토가는 모든 학교와 직장의 DNA 검사를 의무화해 놈들의 잠입을 방지하려 애썼다. 레인저는 우주선 격추를 위한 전략을 다시 수립했다. 외계인 해부 영상을 세간에 공개함으로써 놈들이 얼마나 이질적이고 추악한 존재인지 알리자는 발상은 인디펜던스의 머리에서 나왔다. 외계인의 기술을 역이용할 방법에 골몰한 사람도, 외계인 첩자들의 음모를 통쾌하게 쳐부수는 내용의 만화와 영화 제작을 기획한 사람도 있었다. 지난 수십 년 동안 밤꾀꼬리 위원회는 지구를 지키기 위해, 외계의 위협을 물리치기 위해 수단과 방법을 가리지 않고 애써왔다.

이제 몇 시간 뒤면, 위원장은 그 모든 노력을 사과하기 위해 단상에 서야 했다.

*

"다시 없을 굴욕이야. 먼저 위협한 건 놈들인데, 위협 당한 우리가 머리를 조아려야 한다니. 이게 공평한 일인가? 말해보게, 키티호크. 놈들에게는 정녕 아무런 책임이 없나?"

위원장의 목소리에 점점 울분이 차올랐다. 키티호크는 침착하게 대답했다.

"그들은 인류를 위협한 게 아닙니다. 낯선 문명과 최대한 평화적으로 접촉하려 애썼는데, 우리가 그 노력을 오해한 거죠. 그들은 대뜸 눈앞에 나타나는 대신 먼저 우리의 문화와 생활 방식을 이해하고, 겉모습까지 우리와 비슷하게 바꿔 거부감을 줄이려 했습니다. 인류 문명을 잠식하려는 음모 따위는 처음부터 존재하지 않았습니다."

"겉으로는 당연히 그렇게 말하겠지. 앞으로 놈들이 무슨 짓을 할지는 몰라. 나와 내 동료들은 최악의 사태를 대비하는 정신이 몸에 익은 사람들이야. 우리는 필요한 대비를 했을 뿐이라고."

"위원회에서는 지난 몇 년 동안 대대적인 침략의 날을 경고했지만, 정작 그들이 한 일은 정식으로 대표를 보내 인사하는 거였지요. 지금껏 그들이 인류 문명에 해를 입히려고 행동한 적은 한 번도 없었음을 아시잖습니까. 상대방이 우호를 말하고 우호를 실천하는데 우리가 적개심으로만 맞받아칠 수는 없습니다."

"우호라고? 뉴스에 나오는 그 사건들도 우호를 실천하는 일인가? 혼란, 폭동, 그 수많은 왈가왈부 하며……. 저 창밖을 좀 보게, 키티호크. 내가 여기 입원한 이래 저 무리는 한 번도 떠난 적이 없어. 항상 바로 저곳에 진을 치고 소리를 질러대며 나를 괴롭힌단 말이야."

노인의 떨리는 손가락이 건물 아래 공터를 가리켰다. 그곳에서는 팻말과 플래카드를 든 수십 명의 사람들이 한창 시위를 벌이는 중이었다. 병원 꼭대기 층에서는 시위대가 무슨 구호를 외치는지, 무슨 표어를 들어 올리는지 쉽게 알 수 없었다. 하지만 짐작하지 못할 것은 아니었다. 키티호크가 담담히 말했다.

"우리는 군인들이 미래의 동료 시민을 쏘아 죽일 때마다 훈장을 주었고, 아이들이 미래의 친구를 죽이는 꿈을 꾸며 흥분하게 만들었습니다. 그들이 평화로이 손을 내밀려고 준비하는 동안 우리는 너무 많은 증오의 씨앗을 지구에 심었죠. 지금 세상에서 일어나는 갈등은 그 씨앗이 맺은 열매입니다. 우리 중 누군가는 이 사태에 대한 책임을 져야 합니다. 그리고 위원장님은 그러셔야 하는 자리에 계십니다."

"내 의무에 대해 이래라저래라하지 말게! 나는 항상 해야 할 일을 했어!"

"목소리를 낮추시죠, 위원장님. 탐사대 유가족 대표분들께서 병실 밖에 계십니다. 친지가 해부당해 연구 자료로 쓰인 일로도 모자라, 그 영상이 증오 조장을 위해 왜곡

되어 퍼진 일까지 감내하신 분들입니다. 이 이상의 실례를 끼치고 싶지는 않습니다."

그 말을 끝으로 침묵이 병실 안을 메웠다. 위원장은 한동안 또 멍하니 창밖만 내다보았고, 키티호크는 그런 위원장이 다시 입을 열기만을 참을성 있게 기다렸다. 비록 지금은 늙은 몸으로 병상에 누워 있지만 위원장은 이 대로 고집을 꺾을 사람이 아니었다. 그렇게 고집을 부리는 사람을 무작정 기자회견장으로 데려가 세워둘 수는 없는 노릇이었다. 키티호크에게는 이 완고한 노인으로부터 어떻게든 사과다운 사과를 짜내겠다는 목적이 있었다. 그 목적이 달성되어 간다는 청신호가 켜지듯, 마침내 위원장이 한숨 섞인 토로를 뱉어내기 시작했다.

"내가 외계인들을 특별히 증오해서 그런 일을 승인했겠나? 당시에는 더없이 합리적인 결정이었어. 나는, 우리는 전쟁을 알았거든. 기습 공격의 무서움도, 첩보 작전의 가공할 효과도 전부 알았지. 전쟁에서 이기기 위해 뭘 해야 하는지도 물론 알았고. 우리가 내린 모든 결정은 적과 싸우고, 적에 대해 알고, 그러는 동안 국민의 지지를 얻기 위한 일이었어. 그리고 전쟁에서는 적을 증오할 수밖에 없지. 이해하겠나? 그땐 증오가 명예로웠던 시절이었네."

"증오가 명예로웠던 시절은 처음부터 없었습니다. 우리가 명예라고 생각했던 건 전부 얄팍한 착각에 불과했지요. 그 착각이 비극을 낳았고, 훨씬 평화롭게 손을 맞잡을 수 있었을 두 집단이 서로를 오래도록 적대할 빌미를 제공했습니다. 그런 일에는 어떤 명예도 존재하지 않습니다."

"위원회에 있는 동안 나는 돈을 긁어모으지도 못했고, 발 뻗고 편히 쉬어본 적도 없어. 자식들 얼굴도 제대로 못 봤지. 그런데 이제 자네는 내게 남은 마지막 보물마저, 명예마저 무참히 뜯어가려 하는군. 세상의 평화를 지켰다는 그 하나뿐인 명예마저 말이야!"

"밤꾀꼬리 위원회의 활동은 이 행성의 평화에 장기적인 해를 끼쳤을 뿐입니다. 위원장님께서 사과를 못하겠다며 버티시는 지금도 물론 마찬가지입니다."

위원장이 다시 한숨을 쉬었다. 아까보다 훨씬 더 길고 낮은 한숨이었다. 그 끝에 딸려 나온 목소리에는 무참히 난도질당한 자존심의 잔재가 톱밥처럼 덕지덕지 묻어 있었다.

"이 일이, 내가 놈들에게 사과하는 일이, 결국 세상을 지키는 일이라고 말하는 건가?"

"마땅히 해야 하는 일이라고 말씀드렸을 뿐입니다. 잘못을 사과하는 일이 딱히 영웅적인 행위가 아니라 한들, 잘못했으면 사과하는 것이 도리 아니겠습니까?"

키티호크의 대답은 단호했다. 위원장은 뭐라 더 말하려는 듯 입술을 달싹이다가, 곧 고개를 떨구고서 마지막으로 이렇게 힘없이 중얼거렸다.

"나가서 기다리게. 준비할 테니."

*

병실을 나선 키티호크의 얼굴 위로 유가족 대표단의 걱정스러운 눈빛이 쏟아졌다. 인간과 똑같은 얼굴들이 보내는, 인간과 전혀 구분할 수 없는 시선들이었다. 키티호크는 오늘 그들에게 미소를 지으며 고개를 끄덕일 수 있길 바랐다. 지난 몇 년 동안 어떠한 보상보다도 책임자의 진심 어린 사과를 더욱 원한다고 꾸준히 말해온 사람들에게, 그토록 원하던 대답을 들려주길 바랐다. 그들을 만족시키는 일이 지구의 평화를 위한 첫걸음이어서가 아니라, 그들이 사과받아 마땅했으므로.

하지만 키티호크의 바람은 이뤄지지 않았다. 병실 안에서 커다란 창문이 활짝 열리는 소리가 들리더니, 이어서 건물 아래 모여 있던 군중의 비명이 공기를 찢고 꼭대기 층까지 도달했다. 유가족 대표들이 황급히 복도 창문 쪽으로 몰려가는 모습을 보며 키티호크는 희미한 쓴웃음을 지었다. 바로 몇 초 전까지 이 행성에 살았던 한 인간의 어리석음을, 나아가 우리 종족의 어리석음을 우주에서 온 이웃들에게 어떻게 설명해야 할지 벌써 막막해지는 기분이었다.

샛길의 독사

그것은 여전히 레비를 쫓아오고 있었다. 레비가 울창한 수풀 사이 샛길을 따라 죽을힘을 다해 뛰다가 어깨너머를 곁눈질할 때마다, 그 길고 거무죽죽한 형체는 진흙 길 바닥 위를 놀라우리만치 빠르게 미끄러지며 점점 거리를 좁혀왔다. 쩍 벌어진 아가리 안에 무수히 돋아난 작은 갈고리 이빨이 물결처럼 출렁이는 모습이, 축축하고 낭창낭창한 여섯 갈래 혀가 사냥감의 냄새를 좇아 숲속 공기를 어지러이 핥는 소리가 이미 뒤통수까지 다가와 있었다. 독을 품은 시큼한 숨결이 방독면 너머 레비의 코끝을 찌를 정도였다.

그 소름 끼치는 포식의 전조로부터 도망치고자, 레비는 짓이겨진 풀을 무거운 장화로 박차며 구불구불한 길을 달리고 또 달렸다. 노란 방호복 안쪽이 땀에 절다 못해 물주머니처럼 찰박이며 발목을 잡아대도, 보안경에 서린 김이 희뿌연 안개 장막으로 변해 눈앞을 가로막아도 멈추지 않았다. 하지만 순수한 생존 본능에 휩싸여 힘껏 숨을 토하고 근육을 뻗는 와중에도, 레비의 머릿속은 여전히 끓어넘치는 후회와 한탄으로 뒤죽박죽이었다. 대체 어디서부터 길을 잘못 들었단 말인가. 저것을 맞닥뜨리지 않기 위해 우리는 대체 어찌했어야 한단 말인가.

*

　함께 임무에 투입된 쥬다와 베냐와는 달리, 레비가 성
밖으로 나와본 건 이번이 처음이었다. 같은 기사단원이라
고 해도 레비의 본래 역할은 어디까지나 예비 물자 창고
지기였으니까. 나머지 둘이야 성벽 보수나 추방자 감독을
위해 방호복을 뒤집어쓰고 성문을 나설 일이 잦았지만,
레비 같은 내근직 단원은 그런 업무와는 거리가 멀었다.
기사단이 총동원되어야 할 만큼 심각한 사태가 일어나지
않는 한은. 다시 말해서 이번 임무는 그만큼 심각한 일이
라는 뜻이었다. 정확히 무슨 일인지 설명을 다 듣기도 전
에 무작정 끌려 나와, 높다란 8번 성문 바깥 구역에 발을
들이자마자 레비가 처음으로 내뱉은 말은 이러했다.

　"아니, 단 공주님은 대체 왜 갑자기 도망 나오신 거야?
평소에는 구설수 하나 없이 그렇게나 얌전하시던 분이,
나 몰래 창고까지 털고 말이야."

　"지난주에 추방된 미카라는 시종을 공주님이 아주 많
이 아꼈거든. 그래서 따라 나갔대. 방호복이랑 식량 바리
바리 챙겨서."

　쥬다는 그렇게 대답하며 성벽 주변에 우거진 덩굴을
휘휘 둘러보았다. 붉고 질긴 줄기가 나선형으로 꼬여 얽
힌 저 덩굴은 성벽 보수 작업의 최대 골칫덩이였다. 아무
리 베고 뽑아 박멸해 놓아도 몇 주 뒤면 어김없이 원래대
로 무성해졌으니까. 하지만 허리 높이까지 자라난 덩굴

사이에도 한 갈래 샛길은 보였다. 최근 추방된 사람들이 떠나간 자취인 듯했다. 만일 추방자를 좇아 도망친 공주가 8번 문을 지났다면 필시 저쪽으로 향했으리라. 일행의 수색 방향도 자연스럽게 정해진 셈이었다. 쥬다가 앞장서서 걸음을 옮겼고, 베냐도 퉁명스러운 핀잔과 함께 발을 뗐다.

"빨리 따라오세요. 레비 선배가 옷 거꾸로 입어서 시간 낭비하는 동안 다른 팀은 벌써 다 출발한 모양이니까."

"그게 내 잘못이야? 옆에서 보지만 말고 가르쳐 줬어야지!"

먼저 앞서 나아가는 두 동료를 허둥지둥 뒤따르며 레비가 외쳤다. 급히 걸치고 나온 방호복이 썩은 가지에 걸려 거추장스럽게 바스락거렸고, 방독면에 덮인 코와 입은 숨을 들이쉴 때마다 바짝바짝 말랐다. 그래도 그때까지는 견딜만했다. 빨리 공주를 찾아 데려가기만 하면 별문제 없으리라 생각했다. 덩굴 울타리 너머 뒤틀린 숲속에 무엇이 도사리고 있는지 당시에는 전혀 알지 못했으니까.

*

끔찍한 뒤틀림이 세계에 뿌리내린 것은 머나먼 과거의 일이었다. 온 생명체의 몸에 차곡차곡 쌓여 대대손손 전해지며 뼈와 살을 일그러뜨리는 오염 물질이 한순간의 오판 때문에 물과 바람에 섞여 쏟아지자, 옛 세상은 하루아침에 빛을 잃었고 선조들이 쌓아온 문명 역시 모래성처럼 무너져 내렸다. 하지만 천지가 뒤틀리는 한복판에서도 선조들은 여전히 모래성 쌓기에 일가견이 있었다. 미처 오염이 도달하지 못한 땅 곳곳에 바람마저 막는 성벽을 세워, 그 안으로 제때 도망친 백성만큼은 지켜내겠다는 비장의 대책이 실행될 수 있었음은 그 덕택이었다.

물론 어떠한 성벽이라도 수만 년 동안 비와 먼지에 섞여 날아오는 오염 물질을 온전히 막아낼 수는 없었다. 오염에 씌어 뒤틀린 자가 성읍에서 계속 대를 잇는다면, 언젠가는 온 성읍 사람의 몸에 뒤틀림이 누적되어 인간이라 할 수 없는 꼴로 전락할 것이 틀림없었다. 그래서 선조들은 또 한 가지 대책을 마련했다. 뒤틀려 태어난 아이는 솎아내고, 뒤틀려 병을 얻은 자는 성 밖으로 추방하여 그 씨앗이 퍼지지 않도록 하라는 가르침이었다. 그 가르침이야말로 지금까지도 성을 지탱하는 교리의 핵심이다. 성의 모든 문에서는 크고 작게 뒤틀린 자들이 매일 서넛씩 추방되어 나왔다. 사람의 핏줄이 깨끗하게 유지되도록, 그리하여 온 백성이 언제까지나 사람으로서 살아갈 수 있도록.

그러는 동안 성 밖의 미물들은 전혀 다른 방식으로 생명을 이어갔다. 비록 대다수 동식물은 뒤틀림을 견디지 못해 무너져 내렸지만, 이를 운 좋게 버텨낸 것들은 오염된 땅에서 계속 살아가고자 최대한 빨리 번식하는 길을 택했다. 병을 얻어 생식능력을 잃기 전에 있는 대로 씨를 뿌리며, 그중에 자신보다 조금이라도 더 잘 살아남을 자손이 있길 바라는 길을. 이러한 전략이 오염에 의한 뒤틀림과 맞물린 결과는 터무니없이 빠른 변이 속도였다. 성 밖에서 일해본 기사단원들은 매주 색이 바뀌는 꽃잎, 저마다 날개 수가 다른 파리떼, 눈 깜짝할 새 불어나는 잡초와 덩굴에 대해 수군거리곤 했다. 하지만 그마저도 고작해야 성벽 주변의 생태일 뿐이었다. 숲속으로 뻗은 오솔길을 나아가는 동안, 레비의 눈은 구역질 나는 모양새로 굼실거리는 벌레 하나하나마다 전율하길 그치지 않았다.

"으엑, 방금 봤어? 저건 옛날에도 저렇게 다리가 많았을까?"

"옛날은 무슨, 지난달까지만 해도 안 저랬을걸. 추방제도 아녔으면 우리도 지금쯤 다리가 저만큼 달려 있었을지 몰라."

"진짜 싫다……. 빨리 돌아가고 싶은데, 먼저 간 팀은 아직 공주님 못 찾았대?"

레비의 물음에 베나가 통신기를 쭉 내밀어 보였다. 까만 화면에는 단서 발견을 알리는 다른 팀의 메시지가 줄줄이 떠 있었지만, 마지막으로 도착한 메시지는 몇 분 전의 것이었고 이후로는 새 연락이 없었다. 화면의 메시지를 쭉 읽어본 레비가 짧은 한숨을 내쉬었다.

"계속 추적 중이구나. 2번 문 쪽에서 발자국 찾았고, 10번 문 쪽에서 손전등 불빛 보였고……. 어디까지 가신 거야, 진짜."

"그래도 아직까진 성 주변만 맴돌고 계신다는 뜻이잖

아요. 목소리 들었다는 팀도 있으니까, 오래 걸리지는 않겠죠."

베냐가 침착하게 대꾸했다. 단 공주가 제아무리 교묘하게 숨는다 한들 기사단원 수십 명의 눈길을 언제까지나 피할 수는 없을 터였다. 물자와 여벌 방호복까지 짊어진 상태라면 더욱더. 목소리가 들릴 만한 거리까지 접근을 허용하고서도 몇 분 동안이나 도망 다니고 있다는 사실은 제법 놀라웠으나, 그런 요행도 곧 다하리라고 베냐는 믿어 의심치 않았다. 한편 레비는, 마찬가지로 침착하게 길을 따라가는 와중에도, 어쩐지 사소한 의구심 하나가 고개를 치켜드는 걸 느꼈다.

'공주님이 가져간 물자 중에 손전등도 있었나?'

그 의구심이 오랜 헛소문에 기름을 끼얹을까 두려워, 레비는 나오려던 말을 꾹 삼켰다.

그러지 말았어야 했던 걸까.

✳

헛소문은 언제나 파다했다. 밖에 나가본 적이 있는 쥬다와 베냐는 물론, 내근직인 레비조차 종류별로 한 번씩은 접했을 정도였다. 성벽을 보수하다 보면 들릴 리 없는 말소리가 들리곤 한다, 나무 사이로 사람 그림자가 비치기도 한다……. 그렇게 시작하는 이야기의 결말은 항상 같았다. 어떤 추방자들은 아직 살아있을지도 모른다고.

바깥의 미물처럼 오염된 세계를 받아들여 견뎌낸, 그리하여 심지어는 자손을 남기기까지 한 자들이 있노라고. 선조들이 드높은 성벽을 쌓으면서까지 필사적으로 그 탄생을 막으려 했던 존재, 인간이 아니게 된 인간들이 뒤틀린 숲속에서 지금도 우리를 지켜보는 중이라고.

물론 터무니없는 이야기였다. 사람은 방호복 없이는 성 밖에서 잠시도 견디지 못하니까. 오염된 진흙에 살갗이 닿기만 해도 화상을 입고, 오염된 물을 마시면 내장에 독이 퍼져 곧 피를 토하며 죽는다. 오래 살아남을 가능성도 없고, 자손을 남길 가능성은 더욱더 없다. 기사단원이라면 누구나 아는 사실이었다. 하지만 숲속 샛길을 기약 없이 나아가는 동안, 아무리 기다려도 메시지가 오지 않는 통신기 화면을 들여다보는 동안 기사단원 세 사람은 어느 새부터인가 그 소문을 조금씩이나마 거론하고 있었다.

"애초에 걔들이 본 게 진짜로 단 공주님은 맞아? 추방자들이 살아 있니 어쩌니 하는 얘기가 아니라, 공주님이 주변에 있다면 찾았든지 놓쳤든지 슬슬 소식이 있어야 하잖아."

"대체 무슨 말인가요, 쥬다 선배. 당연히 공주님이지. 방호복 입고 나온 사람은 우리랑 공주님밖에 없잖아요. 그러면 말을 할 수 있는 사람도, 불빛 비출 수 있는 사람도 달리 없죠."

"저기, 그거 관련해서 할 말이 있는데."

레비가 조심스레 입을 열었다. 조금 일찍 눈치채야 했

던 걸까 생각하면서.

"목소리나 손전등도 그런데, 이 길도 이상하지 않아? 바깥 풀은 순식간에 자란다고 들었는데, 추방자들이 지나간 흔적이 이렇게 깊은 숲속까지 똑바로 남아 있을 리가……"

바로 그때 길섶의 수풀이 크게 흔들렸다. 묵직한 철퍽 소리와 함께.

이미 늦었다는 자각이 레비를 덮친 건 다음 순간이었다.

＊

숨이 차도록 내달리는 레비의 머릿속에 방금 본 광경들이 차례로 스쳐 지나갔다. 갑작스레 튀어나온 길고 둥글고 미끈거리는 형체, 혀끝에 달린 침, 찔리기가 무섭게 쓰러져 경련하는 동료들. 저게 과거에 대체 무엇이었는지 레비는 알 수 없었으며 알고 싶지도 않았다. 하지만 저게 대체 무엇을 하는 괴물인지, 그것만큼은 흐릿하게나마 짐작할 수 있었다.

짧게 살고 빨리 죽으며 최대한 변이하는 바깥의 미물들. 끊임없이 바뀌는 생태. 우리는 오염된 사람들을 끊임없이 바깥으로 추방해 왔고, 추방자들은 살아남지 못했을지언정 성 주변의 미물 무리는 그들의 존재에 적응했으리라. 그러던 어느 시점에 마침내 그들을 먹잇감으로 삼는 미물의 종자가 태어났으리라. 세월이 아무리 지나도 비슷

비슷한 모습으로 꾸준히 쫓겨나오는 인간 집단처럼 안정적인 먹이는 이 변화무쌍한 바깥세상에는 달리 없었을 테니까. 이들을 잡아먹으며 살아가는 것이야말로 그 무엇보다 안정적인 길이었을 테니까. 그런 환경 속에서 추방자들을 더욱 효율적으로 사냥할 수 있도록 한층 뒤틀린 미물들이 태어난 걸까? 말소리처럼 들리는 울음소리, 사람을 닮은 윤곽, 밝은 불빛 따위로 추방자들의 실낱같은 희망을 낚는 놈들이? 거친 숲속에 일부러 걷기 편한 샛길을 남겨 제 둥지로 사람의 발길을 끌어당기는 괴물이?

그렇다면 이대로 길을 따라 달려서는 안 돼, 하는 생각이 퍼뜩 들었다. 달리기 편한 길이야말로 놈의 함정이니까. 함정을 파고 독침을 쏘아 느긋하게 사냥하는 괴물이라면, 함정 밖으로 도망친 사냥감을 오래 추적하지는 않을 테니까. 지금은 방향을 틀어 달릴 때였다. 길이라고는 없는 숲속으로. 한 발짝 내딛기조차 힘든 덩굴과 가지와 뿌리 사이로. 놈의 추격이 그칠 때까지…….

레비에게 머뭇거릴 이유는 없었다.

＊

턱밑까지 차올랐던 숨이 진정될 무렵, 레비는 적막한 숲속에 홀로 서 있었다. 철퍽철퍽 소리는 이미 그친 뒤였다. 계속되는 것은 오로지 생각뿐이었다. 그래, 추방자들이 직접 자손을 남긴 게 아니야. 저게 그 자손이야. 사람의 습성을 지녀 사람을 유혹하는 것. 이 뒤틀린 숲에서 가장 사람에 가까운 것. 우리가 놈에게 먹이를 주고 사냥법을 가르쳤어. 우리가 놈을 만들었어. 선조들이 가장 두려워했던 것을, 사람에서 유래했으나 사람이 아닌 존재를 우리가 기어이 낳아버린 거야. 저런 괴물을 낳지 않으려고 사람들을 계속 추방해 온 결과가 바로 저것이야.

아니, 저것뿐만이 아니야.

레비의 귓가에 희미한 말소리가 들려왔다. 숲속 어둠을 뚫고 저 멀리서 반짝이는 빛이 보였다. 소름이 끼칠 만큼 인기척을 닮은 움직임이 주변을 서성이고 있었다. 레비는 자신이 포위당했음을 깨달았다. 괴물을 피해 길을 벗어난 순간 이미 괴물들의 영역에 들어온 셈이었으니까. 이제는 정말로 길이 없었다. 어디로 가든 마찬가지였다.

'그래도 저들 중 하나는 진짜 사람일지 몰라.'

덧없는 희망을 중얼거리며, 레비는 어둠을 향해 발을 떼었다.

행복이란 따스한 반죽

파트너를 따라 특급호텔 연회장에 들어온 지도 벌써 두 시간째였건만, 검은지빠귀는 아직도 이 장소의 분위기에 전혀 적응할 수가 없었다. 천장 곳곳에서 반짝이는 샹들리에 불빛도, 고풍스러운 위압감을 뿜어내는 묵직한 적갈색 나무 벽도 검은지빠귀에게는 전부 낯설기만 했다. 하지만 무엇보다도 낯설었던 것은 연회장에 덩그러니 서 있는 자기 몸이었다. 자신에게는 도무지 맞지 않는 이놈의 몸차림이었다.

　대학교 졸업식 이후로 처음 꺼내 입어본 장밋빛 살갗은 시종일관 답답하게 몸을 조이는 데다가, 생전 걸쳐본 적 없는 섬유의 질감에 반응해 연신 근질거리기까지 하는 것이 고역이었다. 가늘게 뻗은 다리 네 개는 몸을 제대로 지탱하기는커녕 시종일관 휘청거릴 뿐이라, 사람들 사이를 지나갈 때마다 이리저리 부딪히는 바람에 계속 "죄송합니다! 죄송합니다!" 소리를 내뱉어야 했다. 그러는 동안 팔 끝마다 여덟 개씩 달아둔 손가락들은 또 손가락들대로 긴장해서 비비 꼬이기 일쑤였다. 격식을 어기지 않는 선에서 최대한 편하게 차려입고서도 내내 그 꼴이었으니, 속에서 이런 불평이 튀어나오는 것도 당연했다.

　'아니, 대체 이따위 몸차림으로 어떻게 몇 시간을 서 있으라는 거야?'

검은지빠귀의 불평과는 달리, 연회장에 모인 다른 사람들은 훨씬 제대로 갖춘 몸을 하고서도 전혀 힘들어하는 기색이 없었다. 서너 개씩 달린 다리, 두세 개쯤 되는 팔, 눈이 돋아난 둥근 머리를 처음부터 가지고 태어난 양 자유로이 움직이며 대화와 음식을 즐길 뿐이었다. 사업가들이 모이는 중요한 행사답게 연회장 한쪽의 테이블에는 먹음직스러운 음식들이 줄지어 차려져 있었으나, 검은지빠귀는 그것들을 대체 어디로 어떻게 먹어야 할지부터 감을 잡을 수가 없었다. 남들이 대체 어떻게 유리잔의 내용물을 몸 꼭대기에 난 구멍으로 저토록 능숙히 부어 넣을 수 있는지조차도.

한번은 용기를 내 날생선이 올라간 작은 크래커 조각을 어설프게 집어 들어 본 검은지빠귀였지만, 그 결과는 손가락 사이로 주르륵 빠져나간 생선과 가슴팍의 꼴사나운 얼룩이 전부였다. 화악 하고 치솟는 창피함에 휩싸여 검은지빠귀는 그만 황급히 테이블에서 도망쳤고, 이후로는 줄곧 남들의 눈을 피해 연회장 가장자리에 서 있기만 했다. 나무 벽에 툭 기댄 몸 아래서 힘이 풀린 다리 네 짝이 일제히 후들거렸다. 주춤주춤 서성이는 시선 끝에는 한 사람의 모습만이 줄곧 걸려 있었다. 이 낯설고 불편한 공간에서 유일하게 검은지빠귀가 잘 아는 사람의, 이곳의 그 누구보다도 훨씬 생경한 모습이었다.

검은지빠귀는 자신이 유리양파를 세상에서 가장 잘 아는 사람이라고 믿어 의심치 않았다. 하나뿐인 파트너였으니까. 벌써 몇 년이나 함께 살았으니까. 하지만 이 장소에서 유리양파의 모습을 시야에 담는 순간부터, 검은지빠귀는 몇 년에 걸쳐 쌓아 올린 확신에 조금씩 금이 가는 것을 느꼈다. 연회장 한가운데에 서서 사람들과 이야기를 나누던 유리양파의 모습은 검은지빠귀와 집에 같이 있을 때와는 달라도 너무 달랐다. 유리양파는 다리 세 개로 몸을 흔들림 없이 받치고 당당하게 선 채, 마찬가지로 셋씩 달린 팔과 그 끝의 길쭉한 손가락들을 이용해 칵테일을 태연히 홀짝이고 있었다. 파르스름하게 빛나는 피부라든가 그 위를 감싼 반질거리는 옷 따위에 얽매여 긴장하는 기색이라곤 조금도 없이. 너무나도 우아하게. 너무나도 자연스럽게.

유리양파 주변에는 척 보기에도 대단해 보이는 사업가들이 여럿 몰려들어 있었지만, 검은지빠귀에게는 그들보다도 유리양파가 훨씬 더 대단하게 느껴졌다. 동시에 한없이 멀게 느껴지기도 했다. 자신과는 전혀 다른 세계에서 태어난, 자신과는 전혀 다른 몸을 지닌 사람처럼. 어쩐지 차마 더 바라보고 있기가 두려워져 고개를 떨군 검은지빠귀의 시야 한가운데에 들어온 것은, 아무리 문질러도 지워지지 않고 고스란히 남아버린 옷 위의 거무죽죽한 얼룩이었다. 그 얼룩이 무슨 낙인이라도 되는 듯해 검은지빠귀는 그저 한없이 부끄러웠다. 얼룩진 옷에 감싸인 몸이 금방이라도 형체를 잃고 부글부글 끓다가, 격식이고 뭐고 없이 그대로 뻥 터져버릴 것만 같았다.

＊

참으로 긴 행사였다. 지루한 폐회사와 뒤따른 기념 촬영은 참가자들을 도무지 호텔 연회장 밖으로 풀어주려 들지 않았다. 덕분에 검은지빠귀와 유리양파가 집에 돌아왔을 때는 이미 한참 늦은 밤이었다. 현관을 지나기가 무섭게 검은지빠귀는 그대로 바닥에 철퍼덕 엎어졌다. 네 갈래로 뻗어 있던 다리가 금방 흐물흐물 녹아 피부 속에서 한데 섞였다. 그 위를 하나 적은 수의 다리로 훌쩍 넘어가며 유리양파가 가볍게 핀잔을 주었다.

"먼저 갈아입기부터 해야지."

그 핀잔에 돌아온 대답이 평소와는 달리 변명도 불평도 아닌 맥 빠진 신음뿐이었기 때문에, 유리양파는 하려던 일을 즉시 멈추고서 바닥에 늘어진 파트너에게로 시선을 돌렸다. 척 보기에도 검은지빠귀는 많이 지친 모양새였다. 손끝의 장밋빛 피부는 반쯤 허물이 되어 너덜너덜하게 벗겨지기 직전이었고, 초록빛 몸통도 옷 밖으로 거의 흘러나와 납작하게 퍼진 채로 호흡에 따라 쌔근쌔근 들썩거렸다. 하지만 자기 파트너가 고작 이 정도 피로 때문에 기운을 완전히 잃어버릴 사람이 아님을 유리양파는 잘 알았다. 누가 뭐래도 검은지빠귀에 대해 유리양파보다더 잘 아는 사람은 없었다. 벌써 몇 년을 같이 살았으니까. 피부 아래로 드러난 혈색만 봐도 기분 정도는 금방 눈치챌 수 있을 정도였으니까.

"정말. 얘기하고 싶은 거 있으면 말해. 들어줄게."

"그냥 지쳐서 그래. 신경 안 써도 돼."

"거짓말하지 말고. 약속했잖아. 우리가 계속 같이 살려면, 서운한 거든 아픈 거든 숨기지 않고 상대방한테 다 말해야 한다고."

유리양파의 단호한 말에, 검은지빠귀는 그저 형체 없이 녹아내린 살을 한동안 꼼지락거리기만 했다. 그러다가 마침내 그 끄트머리에서 열린 입이 힘없는 목소리를 툭툭 내뱉기 시작했다. 적어도 처음에는 아무렇지 않은 척하려 애쓰면서. 하지만 그 시도는 겨우 몇 마디 만에 와르르 무너져내리고 말았다.

"아까 있지, 네가 너무 대단해 보였어. 나는 도저히 몸에 적응이 안 돼서, 다리로 걸어 다니고 팔 움직이고 그런 게 너무 어색해서 불편하기만 했는데……. 너는 아니더라고. 진짜 멋있더라고. 그렇게 멋있을 줄 몰랐어."

"내가 너무 멋있어서 기운이 빠졌다는 얘기야?"

"아냐, 아냐. 그게 아니라! 내 말은, 나는 그렇게 잘 차려입고 중요한 얘기 나누는 자리에는 안 어울리는 사람 같았단 말이야. 당연하지. 번듯한 직업도 없고, 그냥 작은 밴드 보컬이고, 팔다리에 머리까지 다 갖추고서 어디 나갈 일도 없으니까 움직이는 법도 잘 모르고. 그런데 넌 아니더라. 네가 한다는 유통업인가 뭔가, 그거 엄청 대단한 거더라. 아무리 들어도 이해 못 했는데, 집에 같이 있을 때는 몰랐는데, 거기서 보니까 알게 됐어. 너만 혼자 멋진

데 간다고 생각해서 따라가겠다고 고집부린 건데, 갑자기 그게 너무 바보 같아져서……."

그렇게 한바탕 쏟아낸 다음에도 검은지빠귀는 같은 말을 계속 중얼중얼 되풀이했다. 자기가 너무 초라하게 느껴졌다고, 유리양파가 너무 멀어 보였다고. 어느새 흐느낌에 가까워진 그 토로를 가만히 들어주며, 유리양파는 그때껏 푸른 피부 안쪽에 갇혀 있던 몸을 요령 좋게 빼내 원래 모습으로 천천히 되돌려 갔다. 이윽고 세 개뿐이었던 팔 대신 여섯 갈래의 검붉고 부드러운 위족이 몸 곳곳에서 구물구물 자라났다. 그 끄트머리가 향한 곳은 바닥에서 달싹이는 파트너의 몸 윗면이었다. 형체 없는 녹색 살덩어리를 애정 어린 움직임으로 토닥이며 유리양파가 가만히 속삭였다.

"무대 위에서는 그렇게 반짝이는 애가, 왜 무대에서 내려오기만 하면 온통 주눅이 드나 몰라."

"야, 그거랑 그건 다르지……."

"똑같은 거야. 내가 팔다리 다 달고 무대에 올라가면 얼마나 어색하게 보이겠어? 그리고 솔직히, 오늘 본 사람들 좀 우스웠잖아. 9차 혁명 이전처럼 죄다 굳이 팔다리 달고, 피부나 뒤집어쓰고. 그나마도 진짜 옛날 사람들처럼 팔다리 둘씩만 달면 너무 불편하니까, 몇 개씩은 더 갖추고서 억지로 시늉이나 하는 꼴이었는데. 오래도록 그래 왔으니까 전통이니 격식이니 하는 말로 불러주는 것뿐이야. 하나도 안 멋져."

유리양파는 그런 '전통'이며 '격식'을 진심으로 경멸하는 사람은 아니었다. 차려입어야 할 때 차려입는 걸 딱히 싫어하지도 않았다. 하지만 그렇게 차려입은 꼴에 우스꽝스러운 면이 분명히 있다고 느끼는 것도 사실이었다. 옛날에는 다들 이렇게 불안한 자세로 나다녔다니, 그런 주제에 서로 조금씩 다르게 생겼다고 내내 싸우기까지 했다니! 9차 혁명 이후에 남은 옛 전통이란, 결국 그처럼 사람이 몸으로부터 자유로워질 수 없었던 시대의 아주 희미한 잔재에 지나지 않았다. 답답하게 껴입은 피부와 거추장스러운 사지에 아무리 그럴듯한 의미를 가져다 붙인들 그 사실이 달라지는 건 아니었다.

"그래서 너한테 반한 건데. 무대 위에 있을 땐 정말로 자유로워 보였으니까. 옛날 사람들이 어떻게 생겼든, 어떻게 살았든, 그런 거 하나도 신경 안 쓰는 것 같아서 좋았으니까."

그렇게 말하며 유리양파는 무대 위의 검은지빠귀를 처음으로 보았던 순간을 마음속에 가만히 그려 보았다. 얼마든지 부풀고 뻗어나가며 맥동하는 몸. 거대한 폐와 성대로 이루어진 살아 있는 녹색 파이프오르간. 오직 멋진 노랫말을, 화끈한 고함을 외치기 위해 검은지빠귀가 스스로 고안해 낸 결과물이었다. 당연히 옛날에는 감히 존재할 수조차 없었을 형상이기도 했다. 그렇기에 유리양파는 사랑에 빠지지 않을 수 없었다. 과거로부터 온전히 해방된 몸의 반짝임이 눈에 새겨져 도무지 지워지질 않았으므로.

"진심이야……?"

구겨질 대로 구겨진 옷과 피부에서 거의 빠져나온 검은지빠귀의 흐늘흐늘하고 물컹거리는 몸이 부르르 떨며 물었다. 유리양파는 몸 꼭대기쯤 달려 있던 눈알이 더 익숙한 위치까지 흘러내리도록 내버려 두며, 가죽 안쪽으로 움츠려 빨아들인 손가락을 위쪽 끝에 도로 뻗으며 당연하다는 듯이 대답했다.

"진심이 아니면, 내가 너랑 이렇게 같이 살기로 했겠니?"

새로이 자라난 유리양파의 검붉은 손가락이 검은지빠귀의 녹색 살갗을 어루만졌다. 그 경계선에서 둘의 살이 조금씩 녹아 섞여 갔다. 체온이 섞였고, 세포질이 섞였고, 신경계가 섞였다. 물기를 따라 주르륵 미끄러지던 손가락 끝이 질척이는 덩어리에 붙잡혀 그대로 포옥 하고 스며들었다. 9차 혁명 이전엔, 사람들이 죄다 우스꽝스러운 다리를 달고 걸어 다니던 시절엔 결코 불가능했을 방식으로. 그땐 다들 도대체 얼마나 답답했을까? 아마 그래서 그렇게나 서로 싸우고 살았던 것이리라, 하고 유리양파는 문득 생각했다.

＊

신경계가 완전히 이어지길 잠시 기다린 뒤, 검은지빠귀는 비로소 비틀비틀 몸을 뻗어 널브러진 허물과 얼룩

112

진 옷을 정리하기 시작했다. 여전히 힘없이 축축 늘어지는 움직임으로. 이건 불안이나 후회 때문은 아니었다. 훨씬 더 원초적인 문제였다. 그리고 그 문제의 원인을 미처 파악하기도 전에, 해결책은 이미 유리양파 쪽으로부터 세포액을 타고 서서히 번져오고 있었다. 초콜릿의 달콤함과 크림의 부드러움, 귤의 새콤함이라는 형태로. 유리양파의 위족에 들린 작은 초콜릿 상자의 감촉도 함께였다.

"출구에서 기념으로 나눠주던 거야. 네가 안 받아왔을 줄 알고 하나 더 챙겼지."

연회장에서 충분히 뭘 먹지 못해 지쳐 있었던 몸이 당분의 세례를 감사히 빨아들였다. 크림과 귤 다음은 커피 디저트, 그다음은 코코넛 퍼지. 차례로 녹아드는 초콜릿을 타고 비로소 뚜렷한 행복이 몸 전체에 퍼졌다. 그래, 이게 행복이지. 좋아하는 사람과 하나가 되어, 좋아하는 것을 함께 먹고, 그 행복을 좋아하는 사람에게 전하고, 좋아하는 사람의 행복을 다시 메아리처럼 느끼는 일. 옛날 사람들의 거추장스러운 몸은 꿈에도 몰랐을 감각. 이래야지. 사람은 역시 이렇게 살아야지. 마지막 초콜릿을 몸 안으로 막 녹여 넣은 유리양파가 물었다.

"마음에 들어?"

그 초콜릿의 맛이 채 전달되기도 전에 검은지빠귀는 단호히, 고민 없이 대답했다.

"응, 엄청 마음에 들어."

1324

"숫자를 세어 봐."

긴장한 표정으로 속보를 전하는 화면 속 아나운서의 얼굴을 들여다보면서, 나는 조애나 에반젤리스타가 삶의 마지막 시기에 토해낸 수수께끼 같은 말들을 떠올렸다. 당시에 조애나는 이상한 말을 참 많이도 했다. 항상 겁에 질린 모양새로 방구석에서 벌벌 떨었고, 걱정되어 찾아갈 때마다 건강은 어김없이 나빠지더니 결국엔 굴러다니는 술병 옆에서 몸이 차갑게 식어버리고 말았다. 그 지경에 이르는 내내 조애나가 만취해서 중얼거렸던 한마디 한마디를 나는 아직도 똑똑히 기억한다. 내가 무언가를 꼭 알아야만 한다는 듯이, 간절히 호소하듯이 조애나는 이렇게 읊조리곤 했다.

"생각해 봐. 숫자를, 넷을 세려면 어떻게 해야 하는지……. 1324가 아니야."

*

그 당시만 해도 나는 조애나가 분에 못 이겨 그렇게 되었다고 생각했다. 대학 졸업 직후에 미래 기술을 연구하겠다면서 몇몇 지인과 함께 세운 자그마한 회사 '파트모스'가, 자기가 뛰쳐나온 지 몇 년 만에 세계 곳곳에서 막대한 돈을 긁어모으는 유니콘으로 변모한 꼴을 넋 놓고 지켜봐야만 했으니. 파트모스에서 손을 뗀 뒤 '거기 녀석들은 죄다 몽상에 빠진 멍청이뿐이다'라며 노골적으로 비아냥거리던 조애나의 모습이 아직도 눈에 선하다. 하지만 조애나의 평가와는 정반대로 파트모스는 놀라울 만큼 승승장구했고, 지금은 인류의 앞길을 선도하는 혁신의 기수가 된 지 오래다. 조애나 입장에선 화려한 인생 역전의 기회가 눈앞에서 날아간 셈이었다.

그게 조애나 탓은 아니었다. 조애나가 떠난 뒤 다른 창립자들의 사비로 간신히 유지되던 파트모스가, Cy-I 바이러스 감염증 대유행 종식과 함께 갑자기 세간의 이목을 끌 줄 누가 알았겠는가. 그 시발점은 파트모스 내부에서 작성된 미래 전망 보고서의 요약본이 회사 밖으로 '유출'된 일이었다. 보고서가 예측한 Cy-I 백신 개발 시점이 실제와 놀랍도록 일치했다는 보도 덕택에 파트모스는 절실했던 투자금을 조금이나마 끌어모을 수 있었다. 그런데 거기서 끝이 아니었다. 파트모스의 보고서에 적힌 다른 예측들도 뒤이어 차례차례 실현되기 시작했다.

보고서 요약본에는 만다툼 연방이 카나 공화국을 침략하며 일어난 카나-만다툼 전쟁이 곧 종식될 것이고, 국제적 식량 위기도 뒤이어 빠르게 해소되리라고 적혀 있었다. 실제로 UN은 식량 위기가 큰 고비를 넘겼다고 발표했으며, 그로부터 얼마 지나지 않아 카나와 만다툼도 극적인 평화협정을 체결했다. 잇달아 혜안을 입증해 낸 파트모스에 투자금과 정부 지원이 쏟아진 것 역시 예측대로였다. 요약본의 마지막 단락에는 '여러 사회적 문제가 해결됨으로써 잠시 정체되어 있던 연구 지원이 재개되면, 우리와 같은 혁신적 기업들이 물살을 타고 앞서나갈 것'이라는 분석이 담겨 있었으니까.

바로 그 물살을 타고서 파트모스는 암을 정복할 '엘더 프로젝트', 인류의 의식을 디지털 공간으로 옮길 '어포슬 프로젝트' 등의 놀라운 미래 기술 연구 계획을 발표했다. 계획이 실현된다면 10년 내로 인류는 늙지도 죽지도 않게 되리라는 것이 파트모스의 다음 예측이었다. 세상은 열광했고 돈은 끝없이 흘러 들어갔다. 어마어마한 투자를 받아 새 연구소를 세웠고 전 직원에게 성과급도 지급했다는 뉴스가 거의 매년 이어졌으니, 파트모스를 나온 이래 변변찮은 직장을 전전하다가 조그만 하숙집에 갇혀버린 조애나에게는 그 모든 게 질 나쁜 악몽처럼 느껴졌으리라. 사람이 그렇게 망가지고 만 것도 이해할 만했다.

✱

그러나 조애나의 장례식이 치러지고 며칠 뒤 하숙집에 남은 물건들을 정리하던 도중, 나는 그때까지의 생각이 틀렸을지도 모른다는 의구심을 처음으로 품게 되었다. 책상 아래에 놓인 서류 상자 때문이었다. 상자 속에는 파트모스가 조애나에게 보내온 법적 대응 운운하는 문서들이 가득 쌓여 있었다. 보아하니 조애나의 옛 동료들은 그가 회사의 기밀을, 특히 지금의 파트모스를 있게 해준 미래 전망 보고서의 자세한 내용을 발설하지 못하도록 줄곧 압박해 온 모양이었다. 문제의 보고서 내용이 세간에 알려진 게 바로 파트모스 성공의 계기였음에도.

대체 파트모스는 왜 군이 조애나의 입을 막으려고 했을까? 조애나가 무슨 대단한 기밀을 알고 있었기에? 그렇게 고개를 갸웃하며 내려다본 서류 상자 바닥에는 USB 메모리 하나가 반짝이고 있었다. 누군가가 찾아내 주리라고 예상했다는 듯 '보고서 원본'이라고 적힌 스티커까지 친절하게 붙은 채로. 괜히 주위를 두리번거리다가 떨리는 손가락으로 USB 메모리를 집어 주머니에 넣고 집까지 가져오는 동안, 내 가슴이 얼마나 고동치고 있었을지는 군이 설명할 필요조차 없으리라.

하지만 그렇게 가져온 귀중한 단서를 집에서 처음 확인해 봤을 때는, 솔직히 실망스럽다는 생각밖에 들지 않았다. 보고서 원본에 담긴 내용은 이미 요약본으로 널리 알려진 그대로였다. 단지 각 예측에 대한 부연 설명이 조금 더 자세히 적혀 있었을 뿐. 'Cy-I 바이러스를 근본적으로 퇴치할 백신이 개발되고, 그로 인해 국제적 교류가 활발해지며 카나와 만다툼 사이의 갈등이 완화되고, 그 결과 카나의 곡물 수출이 다시 원활해져 식량 문제가 해소되고, 불황 역시 끝나면서 기업 투자에도 새로운 바람이 불 것이다.' 예측이 전부 적중했다는 점은 원본에서도 변함이 없었다. 이런 내용이 유출된다고 기업에 타격이 가해질 리는 만무해 보였다. 그때 문득, 아주 작은 위화감과 함께, 조애나의 속삭임이 귓가에서 메아리치는 기분이 들었다.

"숫자를 세어 봐. 넷을 세려면 어떻게 해야 하지? 1324가 아니야."

뚱딴지같으면서도 당연한 소리였다. 넷을 세려면 하나, 둘, 셋, 넷 순서대로 세어야 하니까. 1324가 아니라 1234다. 처음과 끝 자릿수가 같더라도 중간이 다르면 그건 다른 숫자인 법이고……. 그렇다면 보고서에 적힌 네 가지 예측은 어떻지? 작은 위화감의 정체를 깨달은 것은 그 순간이었다.

보고서 원본에 따르면 예측에는 분명한 순서가 있었다. 백신 개발이 전쟁 종식을, 전쟁 종식이 식량 문제 해소를 불러오는 식으로. 하지만 현실에서 일어난 일의 순서는 달랐다. 백신 덕택에 전염병 시국이 끝나면서 이주 노동자를 동원한 농업과 야생지 개간 사업이 활발해지자 자연스레 식량 공급이 늘어났고, 덕분에 곡물 수출을 협상 카드로 삼아 국제사회의 지지를 얻던 카나의 발언권이 줄어들면서 만다툼에게 유리한 평화협정을 체결할 수밖에 없었던 거니까.

'이거였어. 조애나는 이 말을 하고 싶었던 거야.'

기밀을 유출하면 소송이라도 불사하겠다는 파트모스의 협박 속에서, 조애나가 수수께끼 같은 중얼거림으로 줄곧 전하려 한 메시지를 나는 그제야 비로소 이해했다. 돌이켜 보면 파트모스의 보고서가 공개되기 전부터 Cy-I 바이러스 백신 개발에 대한 희망적인 소식은 줄곧 들려오는 중이었다. 그러니 근시일 내로 백신 개발이 완료되리라는 예측 자체는 누구라도 할 수 있었고, 정확한 개발 시기를 맞히는 일도 운만 좋다면 불가능하지 않았다. 다시 말해 파트모스의 첫 번째 예측은 단지 요행히 적중했을 뿐이었다.

그리고 그 첫 단추를 제외한 나머지 예측은, 하나하나만 놓고 보면 전부 적중한 듯 보일지언정 내막을 들춰보면 죄다 허탕이나 다름없었다. 단순히 사건이 일어나는 순서를 틀렸기 때문이 아니다. 사건의 인과관계를 완전히 틀렸기 때문이다. 전쟁이 끝나서 식량 위기가 해소된 것이 아니라, 식량 위기가 누그러져서 전쟁이 마무리된 것이니까. 이 둘은 전혀 다른 일이다. 1234와 1324가 전혀 다른 숫자이듯이. 1-2-3-4와 1-3-2-4는 같은 숫자로 구성되어 있다고 한들 절대로 같은 수열이 아니듯이. 이건 파트모스의 보고서가 실은 아무것도 제대로 예측해 내지 못했다는 뜻이었다.

겨우 그 정도 보고서를 믿고서 세상은 파트모스에 돈을 부어 넣었다. 만사가 제 뜻대로 될 미래를 꿈꾸며 자화자찬하던 허풍쟁이 무리는 순전히 약간의 운과 사람들의 착각에 힘입어 돈방석에 올라앉았다. 막대한 권력마저 손에 넣었음은 물론이었다. 그렇게 되고 보니 보고서의 진실을 아는 채로 자신들을 떠나간 조애나가 눈엣가시처럼 보였겠지. 혹시 조애나가 괜히 입을 열었다가는 투자자들이 손을 뗄 수도 있으니까, 열성 신도들이 등을 돌릴지도 모르니까. 계속 돈을 끌어모으기 위해서는 자신들이 미래를 내다보며 인류를 이끌 혁신가 집단이라고 끝없이 허풍을 떨어야 하니까. 조애나는 마지막으로 내게 그러한 진실을 알려주고 싶었던 걸까?

'그런데 조애나, 나한테 이걸 알려줘서 대체 뭘 어쩌려던 거야?'

본인도 소송이 두려워 마지막까지 한마디조차 제대로 내뱉지 못했던 주제에. 나 역시 인생을 걸고 진실 폭로에 앞장설 사람이 아니라는 것쯤은 모르지 않았을 텐데. 어차피 이제는 용기를 내서 진실을 알려도 무엇 하나 달라지지 않을 것이다. 파트모스에는 이미 너무 많은 돈이 들어갔다. 정말로 세상 사람들이 하나같이 어리석어서, 단순히 엉터리 보고서에 속아 넘어가서 파트모스에 그만한 돈을 투자한 건 아닐 터였다.

전염병이니, 전쟁이니, 식량 위기니 하는 문제들 때문에 그러잖아도 다들 지쳐 있었다. 인류가 모든 문제를 일거에 해결하고 다시 옛날처럼 멋지게 발전해 나가리라는 예측은 허황하다고 무시하기에는 너무나 달콤했다. 답답한 세상에서 희망적인 가능성을 보여줬다는 이유만으로 파트모스는 열광받을 자격이 있었고, 똑똑한 투자자들은 그 열광이 자신들의 돈을 몇 곱절로 불려줄 수 있으리라는 사실을 깨달았다. 지금까지의 예측이야 어떻든 일단 돈을 몰아주면 파트모스는 한층 더 희망적인 미래 기술 프로젝트를 계속 선보일 테고, 더 큰 희망은 자연히 더 많은 돈을 끌어모을 테니까.

실제로 파트모스는 꽤 잘하고 있었다. 조애나의 비난과 달리 파트모스 임원들이 아주 멍청이들만은 아닌 덕택이었다. 투자받은 돈으로 진짜 연구소를 지었고, 진짜 전문가도 잔뜩 고용했다. 물론 10년 안에 죽음을 정복하겠다는 예측은 아마 빗나가리라. 하지만 30년이나 50년 후에는 어떻게 될지 모르는 일이었다. 무엇보다 그동안 운 좋게 미래를 몇 번이라도 더 맞혀 투자자들의 지갑을 불려줄 수만 있다면 1234든 1324든 뭐가 중요하겠는가? 조애나가 마지막까지 쥐고 있던 진실이란 결국 그 정도에 지나지 않았다. 아무도 들어주지 않을, 별다른 가치도 없는.

그래도 나만은 진실을 알아주길 바랐던 거겠지. 그뿐이겠지.

당시에 나는 그렇게 결론지었다.

＊

그날의 결론으로부터 한참이 지난 지금, 화면 속의 뉴스 속보를 멍하니 응시하는 동안 나는 다시금 조애나 에반젤리스타가 전해준 말을 떠올릴 수밖에 없었다. 잔뜩 겁에 질려서 부들부들 떨던 그 꼴사나운 모습도. 그런 꼴로도 내게 뭔가 알려줘야만 한다는 듯이 간절히 중얼거리던 안타까운 목소리도. 그 목소리 너머에서는 현장에 나간 기자의 잔뜩 긴장된 보도가 계속해서 이어지고 있었다.

종래의 백신이 듣지 않는 신종 전염병이 급격히 퍼지고 있다는 소식을 전하면서, 기자는 농경지 확대를 위해 야생지를 개간하는 과정에서 야생동물이 지니고 있던 바이러스가 인간에게 전파되었을지도 모른다는 세계보건기구의 분석을 덧붙였다. 개간 사업이 끝나며 이주노동자들이 각자 고향으로 돌아가는 바람에 전염병이 이토록 순식간에 세계로 퍼졌을 것이라는 추정도 이어졌다. 스튜디오에 앉은 앵커가 '그래도 지난번처럼 곧 백신이 개발되겠죠?' 하고 묻자 옆에 앉아 있던 감염병 전문가가 침울하게 고개를 저었다. 그런 건 누구도 정확히 예측할 수 없다면서.

그렇지만 나는 무의미한 예측을 멈출 수가 없었다. 앞으로는 대체 무슨 일이 벌어질까? 전염병이 다시 퍼져나가면 세상은 또 어떻게 바뀔까? 답답함, 스트레스, 갈등이 어쩔 수 없이 일어나리라. 그러다 보면 먼저 침공한 만다툼이 이득을 보는 방식으로 마무리된 반쪽짜리 평화 아래의 화약고에 불씨가 굴러 들어갈지도 모른다. 농경지와 인력을 무작정 더 늘리기가 힘들어질 테니 식량 문제가 재발할 우려도 있다. 그리고 재난은 거기서 끝나지 않을 터이다. 왜냐하면 비극에는 인과가 있으므로, 하나의 비극은 다음 비극을 불러오게 마련이므로.

이 모든 위협에 대처할 시간이 없었던 게 아니다. 하지만 그 황금 같은 시간을, 그동안 들였어야 할 자원을 우리는 언제 실현될지 모르는 미래 기술 개발에 여태껏 낭비하고 말았다. 30년 후에, 어쩌면 50년 후에나 겨우 실현될 희망을 위해서. 하지만 미래는 수십 년 뒤에 시작되는 것이 아니다. 바로 1초 뒤의 세상부터 이미 미래니까. 전염병이 퍼져나갈, 전쟁이 재개될, 기근에 신음할 미래. 실제로는 과거의 그 어떤 문제도 해결되지 않아서, 오래전 지나간 줄 알았던 재앙이 이번에야말로 제 순서대로 덮쳐올 미래.

'어쩌면 조애나는 그 말을 하고 싶었던 걸지도 몰라.'

흘러내리는 식은땀 가운데서 문득, 그런 생각이 머릿속을 스쳤다.

'종말에 대비하라고.'

그리고 그것은 정말로 새끼 고양이였다

"맞다, 진홍이 넌 아직 우리 프레디 사진 본 적 없지?"

건너편 자리에 앉은 친구가 대답하든 말든 은정은 이미 휴대전화 화면을 톡톡 건드리는 중이었다. 카페 야외 테이블을 쓸고 지나가는 서늘한 가을바람에 왼손으로 옷깃을 당겨 여미면서도 오른손을 멈추지는 않았다. 그러다가 이윽고 화면에 떠오른 사진을 보자 은정의 얼굴에 자연스레 함박웃음이 스몄다. 왼쪽 앞발 끄트머리가 새하얀 털로 덮인 까만 새끼 고양이. 물기를 머금어 사랑스러운 눈과 코. 화면을 획획 넘기는 동안 은정은 호들갑을 멈추지 않았다.

"귀엽지! 보여주고 싶어서 그동안 얼마나 몸이 달았는지 모른다니까. 잠깐, 여기 자는 사진도 있어."

세상이 괜찮아져 다시 진홍을 만나러 갈 수 있게 되면, 가장 먼저 프레디를 잔뜩 자랑해야겠다고 줄곧 별러온 은정이었다. 사진뿐만이 아니었다. 누구와도 얼굴을 맞댈 수 없었던 지난 시절 내내 쌓이고 쌓인 얘깃거리가 은정에게는 아주 많았다. 눈앞에서 가만히 미소를 짓는 친구에게 꼭 들려주고 싶었던 그동안의 얘깃거리가.

"그러고 보니까 내가 프레디 어떻게 데려왔는지도 모르겠네. 들어봐, 그땐 정말 깜짝 놀랐는데……."

*

정말 이상한 늦봄이었다. 출근길 지하철에서 팔다리를 흔들며 횡설수설하는 사람이 눈에 띄게 늘어났고, 멀쩡히 길을 걷다가 갑자기 주저앉아 실실 웃는 행인을 경찰이 데려가는 모습도 흔히 볼 수 있었다. 사고도 유난히 잦았다. 이상한 교통사고, 이상한 방송 사고, 이런 사고, 저런 사고. 하지만 세상이 뒤숭숭하다는 이유만으로 회사에 안 나갈 수야 없는 노릇이었다. 그날도 한밤중에나 겨우 퇴근한 은정은 골목 사이 가파른 비탈길을 올라 집으로 향하는 중이었다. 문제의 새끼 고양이를 마주친 것은 바로 그때였다.

"프레디?"

길을 가로막은 까만 털 뭉치의 존재를 눈치챈 순간, 은정은 깜짝 놀라 무심코 그렇게 물을 수밖에 없었다. 발치에서 간신히 눈만 뜬 채 꼬물거리고 있던 녀석은 보면 볼수록 예전에 기르다가 병으로 떠나보낸 고양이 '프레디'의 어릴 적 모습과 똑 닮아 있었으니까. 밤처럼 까만 털도, 새하얗게 눈에 띄는 왼쪽 앞발도, 삐익거리는 울음소리도 전부 추억 속 그대로였다. 미처 상황을 파악하기도 전에 은정의 시야는 이미 뿌옇게 흐려지고 있었다.

지나간 기억이 생생하게 떠올라 눈물이 왈칵 쏟아지려는 걸 필사적으로 참으며, 은정은 홀로 남은 새끼 고양이를 발견했을 때 해야 할 일을 하나씩 침착하게 처리해

나갔다. 혹시 어미가 잠깐 자리를 비운 상황은 아닌지 확인하고자 잠자코 기다려 보기도 했고, 주변에 다른 길고양이가 남긴 흔적은 없는지 잠시 둘러보기도 했다. 그러다가 불쌍한 고양이가 정말로 버려진 것이라는 확신이 든 뒤에야 비로소 본격적인 행동에 나섰다. 대체 그때 무슨 정신으로 필요한 물건을 다 구하고, 몸을 닦아주고, 병원에 데려가고 했는지 은정은 아직도 또렷하게 떠올릴 수가 없었다. 다만 그러는 내내 속으로 하염없이 중얼거렸던 말만이 머릿속에 고스란히 아로새겨져 있을 뿐이었다.

'프레디가 돌아왔어. 다시 보게 되다니 기적 같아, 우리 프레디.'

＊

혼잣말이나 다름없는 꼴로 줄줄 흘러나오던 은정의 회상은, 별안간 휴대전화가 요란하게 울리는 바람에 갑작스레 끝나고 말았다. 휴대전화 화면에 띄워둔 고양이 사진 한가운데에 큼지막한 재난 문자가 떡하니 자리 잡았다. 은정은 그 내용을 굳이 읽어볼 생각이 없었다. 보나마나 오늘 신규 확진자가 몇 명인가 하는, 지난 시절 내내 지긋지긋하도록 받아본 문자일 테니까. 그나마 요즘은 문자가 예전처럼 자주 오지도 않았다. 아무렇지도 않게 창을 닫으며 은정이 머쓱하게 말했다.

"이거 처음 받았을 때는 진짜로 세상 망하는 줄 알았

는데."

그때가 바로 지난 초여름 무렵이었다. 지하철이나 길거리뿐 아니라 회사에서도 갑자기 웃으며 무너져 내리는 사람이 하나둘씩 생기던 시기. 원인 불명의 대형 사고가 세계 곳곳에서 너무나도 뚜렷하게 늘어나 더는 누구도 무시할 수 없게 된 시기. 기성세대가 이해하지 못하는 새로운 젊은이 문화이리라고 추측하던 무리는 곧 입을 다물었다. 사태 초기에 일부 전문가들이 원인으로 지목했던 집단 히스테리 역시 금방 혐의를 벗었다. 병원에 실려 와서도 행복에 겨운 듯 가만히 미소를 띠고 있던 사람들의 눈에서는 언젠가부터 우윳빛 눈물이 뚝뚝 흘러내리고 있었으니까. 무언가가 세계로, 인류의 뇌 속으로 퍼져나가고 있는 것이 분명했다.

집에서 프레디를 끌어안은 채 벌벌 떨며 휴대전화 화면만 들여다보던 그날을 은정은 똑똑히 기억했다. 화면 속에서는 비장한 분위기에 휩싸인 중대 발표가 한창이었다. 카메라 앞에서 침착하게 상황을 설명하던 빼빼 마른 사람은 미국 질병예방통제센터에서 나온 랜슬롯 박사였는데, 안타깝게도 그가 하려던 말을 은정은 도통 제대로 이해할 수가 없었다. 신경계에 침투하는 신종 곰팡이에 대해서도, 문제의 곰팡이가 체내에서 합성한 물질이 숙주에게 생생한 환각과 강렬한 다행감(Euphoria)을 불러일으키는 원리에 대해서도.

어차피 그 발표가 나온 시점에서 이미 사태는 손쓸 수

없는 지경에 이르러 있었다. 아무래도 수수께끼의 곰팡이 포자는 첫 증상이 일어나기도 전에, 봄이 오기도 한참 전에 바람을 타고 세상 사람들의 머릿속에 들어가 자리를 잡고 있던 모양이었으니까. 대책을 내놓아야 할 정치인들, 환자를 치료해야 할 의료인들, 사회기반시설을 떠받쳐야 할 일꾼들의 머릿속에도 전부. 매일 비행기가 떨어졌고 발전소에서는 연기가 피어올랐다. 정부도 언론도 이내 기능을 완전히 잃어버렸다.

계절이 바뀔수록, 북반구 다음에는 남반구를 향해, 달콤한 환상은 차례차례 현실을 집어삼켜 갔다. 질병과 맞서 싸우기 위한 시스템은 맞서 싸우고픈 마음조차 들지 않는 행복이란 증상 앞에서 철저히 무력했다. 인간의 이성이 쌓아 올린 문명은 토대인 이성 그 자체를 공격하는 재난을 견뎌낼 방도가 없었다. 어느 날부터인가 화면 속 랜슬롯 박사의 눈에서도 우윳빛 눈물이 뚝뚝 떨어지던 모습을 은정은 어렴풋하게 떠올릴 수 있었다.

*

"진짜 무서웠잖아, 그치?"

친구의 조용한 미소 앞에서 은정은 일부러 너스레를 떨었다. 하지만 목소리가 가볍게 떨리는 것까지 완전히 숨길 수는 없었다. 일상이 삽시간에 송두리째 사라지는 광경을 가만히 바라보아야만 했던 당시의 경험은 여전히 까마득한 두려움으로 남아 있었으니까.

전기도 통신도 차례차례 끊겨 어둠이 내린 도시 곳곳에서, 사람들은 아늑한 꿈을 꾸며 멍하니 방황하다가 굶주림과 상처에 먹혀 픽픽 쓰러져 갔다. 아직 이성이 남아 있던 사람들이 할 수 있는 일이라곤 그저 얼굴을 꽁꽁 싸매고 감염자를 피해 집안에 틀어박히는 것뿐이었다. 친구나 가족의 안부를 알아보려던 시도는 전부 물거품으로 돌아갔다. 얼마 지나지 않아 은정 곁에는 프레디밖에 남지 않았다. 이대로 끝이리라고, 자기가 알던 세상은 이제 돌이킬 수 없는 절망적인 행복의 구렁텅이에 빠져들리라고 은정은 믿어 의심치 않았다. 이제는 다 지난 일이 됐지만. 지금은 그런 절망감도 깨끗이 사라진 지 오래였지만.

"그때 느꼈다니까. 세상에, 과학자들이 진짜 똑똑하더라고."

자신이 절망하는 동안에도 절망하지 않고 꿋꿋이 버텨낸 영웅들의 호칭을 은정은 슬며시 입에 담아보았다. 종말을 목전에 두고서도 과학자들은 포기를 모르고 연구에 매달렸다. 그중에서도 히메지 연구소에 마지막으로 남아 있던 연구진의 활약은 특히 눈부셨다. 위성망에 간신히 매달려 버티던 인터넷이 영영 꺼져버리기 직전까지도 그들은 어떻게든 연구 성과를 세상과 공유하려 애썼다. 얼마나 많은 치료제가 소용없는지, 얼마나 많은 감염 대책이 실현 불가능한지, 유효한 백신 개발이 얼마나 어려운지에 대해. 그리고 최소한 곰팡이가 일으키는 환각 증상을 잠재우기라도 할 방법이 무엇인지에 대해.

"그 사람들은 그러니까, 전기까지 끊겨서 더는 실험도 못 하게 된 상황인데, 순수하게 머리만 굴려서 그걸 알아낸 거잖아. 나라마다 날씨가 따뜻해질 때 첫 환자가 생겼다는 걸. 곰팡이가 계절에 따라 활동했다가, 잠들었다가 한다는 걸."

세상을 향해 띄워 보낸 마지막 보고서에서 그들은 말했다. 변수는 기온이라고. 외부 온도가 충분히 낮은 환경에서는 놈들이 활동을 멈출 것이라고. 그러니까 여름이 지나고 가을이 지나 날씨가 추워지면 감염자들이 조금씩이나마 이성을 되찾을지도 모른다는 게 보고서의 결론이었다. 너무나 가냘프고 덧없으며 희망찼던 결론.

"전부 그 덕분이라고 생각해. 과학자들 덕분이고, 과학기술 덕분이고⋯⋯. 우리가 지금 이렇게 카페에 앉아서 이야기 나눌 수 있게 된 것도 말이야."

물론 은정은 인류가 행복을 되찾은 것이 오로지 과학자들만의 공로라고 생각하지는 않았다. 눈을 떴을 때 이미 도시를 밝히고 있던 불빛. 태연히 켜지던 휴대전화. 집 근처 도로를 요란하게 지나가던 자동차 소리. 먼저 이성을 되찾은 사람들이 힘을 합쳐 세상을 순식간에 원래대로 돌려놓은 것이리라. 그렇게나 걱정하고 두려움에 떨었던 나날이, 다시는 친구들을 볼 수 없으리라 생각하며 훌쩍였던 밤이 이제는 아득한 꿈만 같았다. 이 모든 일이 얼마나 다행스러운지 떠올리는 것만으로도 은정의 눈앞은 금방 뿌옇게 흐려졌다. 목소리에도 물기가 뚝뚝 묻어났다.

"프레디도 너도 다시는 못 보는 줄 알았어. 정말 다행이야. 이렇게, 기적처럼 다시 만날 수 있어서 너무 행복해……"

눈앞을 가득 메운 희끄무레한 안개 뒤에서, 진홍은 은정의 그런 흐느낌을 미소와 함께 조용히 듣고 있을 뿐이었다.

*

한층 더 차가워진 가을바람이 불어와 은정의 정신을 번뜩 일깨웠다. 어느새 주변은 한참 어두워져 코앞에 앉은 친구의 얼굴도 잘 보이지 않을 정도였다. 옷깃을 아무리 여며도 스며드는 밤공기에 몸이 으슬으슬 떨렸다. 이를 깨달은 은정의 머릿속에서 어쩐지 생각하기조차 꺼림칙할 만큼 소름 끼치는 감각이 스멀스멀 피어오르기 시작했다. 하지만 일제히 웅성거리려는 그 걱정이며 불안이며 절망감 같은 것들이 정확히 무엇을 의미하는지 은정은 아직 제대로 인지할 수 없었다. 단지 원인 모를 초조함에 고개를 갸웃하며 겨우 이런 말이나 내뱉을 뿐이었다.

"벌써 시간이 이렇게 됐네. 슬슬 일어나야겠다. 나 내일도 출근해야 하거든."

진홍은 이번에도 대답 없이 희미한 미소만 지어 보였다. 이야기를 나누는 동안 한 번도 바뀐 적이 없는 표정이었다. 얼마 전까지만 해도 다시는 볼 수 없으리라고 생각했던 표정. 하지만 지금은 떠올리려고만 하면 언제든지 기억 속 모습 그대로 눈앞에 생생히 그려낼 수 있는 표정. 그 변함없는 얼굴을 가만히 바라보면서, 은정은 테이블에 놓아두었던 휴대전화를 더듬어 찾아 전원 버튼을 눌렀다.

이윽고 전원이 꺼진 새까만 화면에 새까만 사진이 신기루처럼 아련히 떠올랐다. 깨진 액정에 묻은 얼룩을 닮은 그것은 틀림없이 눈을 동그랗게 뜬 귀여운 새끼 고양이 사진이었다. 떠나보낸 지 오래인 고양이 프레디의 어릴 적 모습을 찍은 사진이기도 했다. 까만 털도, 하얀 왼쪽 앞발도, 울음소리도 모두 프레디가 살아 돌아온 듯 생생했으니 달리 생각할 이유는 어디에도 없었다. 그 한없이 사랑스러운 사진을 보기만 해도 은정은 어쩐지 금방 펑펑 울고 싶은 기분이 되었다. 화면 속의 새끼 고양이는 그런 은정을, 은정의 뺨을 타고 흘러내리는 우윳빛 눈물을 그저 빤히 쳐다보기만 했다.

구세주에게

네가 돌아왔을 때 어떤 말을 가장 먼저 건네야 할지, 그걸 줄곧 고민하고 있었어.

아주 오래도록 나는 그 말이 '고마워'일 수 있길 바랐어. 아라디아 네가 우리를 구했다면서, 너야말로 진짜 영웅이라면서, 문명의 구원자라면서 너의 귀환을 소리 높여 환영하고 싶었어. 내가 그 모든 빛나는 수식어들을 감격에 차 쏟아내면 온 무리가 함께 따라 외치기 시작하고, 너는 찬사에 한껏 둘러싸인 채 부끄러워 더듬이를 까딱거리다가도 이내 첫째 집게발을 살며시 들어 답하고……. 그런 광경을 몇 번이고 그려봤어. 이제는 아득한 과거가 된 그때 약속한 대로 둥지에 돌아와, 비로소 우리 모두의 구세주가 된 너의 모습을.

그건 매번 온 다리 끝이 절로 파르르 떨릴 만큼 달콤한 상상이었어. 우리가 구세주의 도래를 얼마나 진심으로 바라왔을지 너도 조금은 짐작할 수 있을까? 세상 어떤 둥지의 어떤 무리에서도 그 바람은 지금껏 결코 그친 적이 없었다는 사실을 말이야.

＊

"전쟁은 좀 어때, 셀라시에?"

둥지의 가장 낮고 깊은 곳까지 기어가 비좁은 방 입구로 몸을 들이밀 때면, 그 안에서 나지막이 들려오던 네 물음을 똑똑히 기억해. 언제나 다리들을 몸통 중앙에 가만히 모은 채로, 언제나 같은 높낮이와 박자로 그렇게 묻던 모습을 기억해. 반면에 내 대답은 매번 달랐지. 어느 날에는 전황이 유리했어. 기계 셋을 함정으로 유인해 거꾸러뜨리는 멋진 승리를 거둔 날도 있었어. 물론 힘든 날도 적지 않았어. 기계 하나를 물리치기 위해 너무나 많은 희생을 치러야 했던 날. 온 힘으로 지키던 둥지가 결국 기계들의 행진에 무참히 짓밟혔던 날.

하지만 그 승리 한 번, 패배 한 번에 대체 무슨 의미가 있었을까? 기계들은 끝없이 땅속에서 기어 올라왔고 우리는 항상 그것들과 맞서왔잖아. 기나긴 세월에 걸쳐, 무수한 세대를 거쳐 막을 내릴 기미가 보이지 않는 전쟁을 계속해 왔잖아. 언제나 내가 네 방에 찾아갔고, 네가 먼저 질문했고, 그 질문에 대답한 다음엔 내가 질문할 차례가 되었듯이.

"그래서, 연구는 잘돼가?"

네 대답은 보통 둘 중 하나였지. '아니.' 아니면 '진전이 조금 있었어.' 나는 네가 두 번째 대답을 하는 날이 좋았어. 그러는 날에 너는 항상 무언가를 더 말해주었으니까. 쓰러뜨린 기계의 파편으로부터, 그들이 기어 나온 땅속의 잔해로부터 네가 새로이 찾아낸 단서에 대해서.

둥지의 다른 연구자와는 달리 너는 기계의 약점이 어

디인지, 어떤 무기가 그것들에 치명적인지 같은 걸 알아내려 하지 않았어. 그 점이 내가 전장에서 돌아와 매번 너를 찾아간 이유이기도 했지. 나는 둥지 안에서만큼은 기계에 대해 너무 많이 생각하고 싶지 않았으니까. 너는 기계 자체가 아니라 기계들의 주인에 대해 알아내려 하고 있었으니까. 네가 집게발마다 자료를 붙들고 열심히 휘적대며 들려준 이야기들도 나는 똑똑히 기억해.

"기계들은 우리처럼 저절로 생겨난 게 아니야. 우리 문명이 시작되기도 한참 전인 까마득한 옛날, 우리와는 전혀 다른 문명을 일궈 지상을 지배했던 종족이 만든 도구야."

"그들의 문명은 굉장했어. 어떤 면에서는 우리 이상으로. 그들의 둥지는 우리의 것보다 높았을지도 몰라. 그들은 먼지보다 작은 세계의 힘을 끌어낼 수 있었을지도 몰라. 썩지도 녹슬지도 않는 재료로 온갖 물건을 빚어냈는지도 몰라."

"어째서인지는 몰라도 그들은 결국 파멸을 맞았어. 하지만 그들에게는 마지막 수단이 있었지. 빛나는 이성을 지녔던 그들의 정신이 고스란히 담긴 전자장치, 그리고 그 손발이 되어줄 기계 하인들을 만들어 땅속에 숨겨둔 거야. 때가 되면 함께 깨어나 문명을 재건할 수 있도록."

바로 그 기계들이 주인보다도 먼저 깨어나는 바람에 통제받지 않고 폭주하기 시작한 것이 우리를 덮친 전쟁의 원인이라고 너는 추측했지. 그렇다면 싸우지 않고 전쟁을 멈출 방법이 있으리라고도. 그래, 너는 옛 지배자들의 정신을 찾아 깨우려고 했어. 그들이 기계를 멈출 수 있도록. 그러면 더는 무리가 다치고 둥지가 부서지는 일이 없을 테니까. 단순히 전투에서 이기는 것이 아니라, 전쟁을 끝낼 수 있을 테니까. 그걸 위해서 너는 매일 단서를 찾고, 또 찾고⋯⋯.

"알아냈어. 셀라시에, 나 드디어 알아냈어."

방 입구에 더듬이를 집어넣자마자 네가 그렇게 외쳤을 때, 평소와는 전혀 다른 자세와 높낮이와 박자가 네게서 느껴졌을 때 나는 비로소 때가 됐음을 알았어. 그런 내 앞에서 너는 흥분에 차 등딱지를 부딪치며 쉼 없이 말하고 또 말했지. 머나먼 땅에 대해서. 땅끝 너머 경계 없는 웅덩이 너머의 땅에 대해서. 지상에서 무슨 일이 일어나는지도 모른 채 그곳 어딘가에 잠들어 있을 옛 지배자들의 정신에 대해서.

전쟁을 끝낼 수 있으리라는 희망에 대해서.

우리 모두의 구원에 대해서.

*

고백하자면, 비척비척 둥지로 돌아온 네게 '거짓말쟁이!'라고 화내는 꿈을 꿨던 밤도 무수히 많아. 꿈속의 나는 너를 비난하는 무리에 섞여서 돌과 모래를 마구 던져대며, 헛된 희망이나 불어넣어 놓고 무슨 염치로 돌아왔

냐면서 되는 대로 배신감을 토해내고 있었어. 그러다가 퍼뜩 깨어보면 다리들은 후들거리고 더듬이는 바짝 곤두선 채였지. 도저히 있을 수 없는 악몽이어서가 아니라, 충분히 있을 수 있는 일이란 생각을 지울 수가 없어서.

기억하지? 무리 대다수는 끝까지 네 편을 들어주지 않았잖아. 마이트레야는 귀중한 연구 인력을 기약 없는 탐사 여행에 낭비하지 않겠다고 차갑게 선을 그었지. 땅끝을 넘어 웅덩이를 건너는 위험천만한 모험 끝에 정말로 옛 지배자들을 찾아낼 수 있으리라고 누가 보장하냐면서. 내 오랜 전우인 프럼도 너를 막으려 했어. 전쟁을 기적처럼 멈출 방법이 있을지도 모른다는 네 달콤한 헛꿈이 무리의 투지를 약하게 만들 거라면서.

그래, 그리고 나조차도 이렇게 말한 적이 있었지. 네 말을 믿지 않는 건 아니지만, 설령 그 머나먼 땅에서 까마득한 옛적의 존재들을 찾아 깨울 수 있다고 한들, 그들과 말이 통하지 않을 거라는 생각은 안 해봤느냐고. 그 말에 너는 어떻게 대답했더라? 맞아, 내 갑각 위를 집게발 끝으로 부드럽게 쓸어내리면서 말했잖아. 문명을 이룬 지성체끼리 말이 통하지 않을 리 없다고, 그들의 언어도 벌써 많이 해독해 냈다고. 이제는 옛 지배자들이 자기 종족을 어떤 단어로 일컬었는지도 알게 되었다고.

"그들은 자신을 '인간'이라고 불렀어. 이름을 부를 수 있다면, 대화도 할 수 있을 거야."

하지만, 하지만…… 네 단호한 선언 앞에서 나는 더

따질 수가 없었어. 겨우 그 정도의 불확실한 가망에 기대서 너를 머나먼 땅으로, 수백 번의 겨울잠을 보내더라도 돌아오리라는 보장이 없는 여정으로 놓아 보내고 싶지 않다는 말을 차마 할 수가 없었어. 물론 전장을 등지고 너를 따라갈 수도 없었어. 배웅도 뭣도 없이 초라한 무리만을 이끌고서 홀연히 길을 떠나던 네 모습을, 둥지 꼭대기에서 홀로 내려다보는 일밖에 나는 할 수가 없었어.

그런데 아무도 관심을 기울이지 않았다고 생각했던 그 여정 이야기가 언제부턴가 조용한 수군거림 속에서, 전장을 가로질러 둥지에서 둥지로 퍼지는 소문 속에서 조금씩 들려오기 시작했던 거야. 병사들은 네가 웅덩이 저편의 위대한 옛 제국에서 지원군을 데려올 거라고 떠들어 댔어. 아이들은 네가 둥지에 도착하는 날 모든 기계가 일시에 멈추리라는 노래를 불렀어. 아무리 프럼이 이야기를 금지하고 마이트레야가 사실관계를 해명해도 소용이 없었지. 이미 온 무리가 아라디아라는 이름의 구세주를, 너의 모습을 한 구원을 기다리고 있었으니까.

세대가 지나고 지나는 동안 소문에는 점점 살이 붙었어. 어떤 연구자들은 너와 함께 떠난 무리가 정확히 몇이었는지, 그들이 얼마나 뛰어난 재능을 지니고 있었는지를 두고 거센 논쟁을 벌였어. 때론 해석이 갈리고 파벌이 갈려 서로 싸우기도 했어. 그 모든 목소리 속에서 네가 가져올 구원의 그림은 갈수록 뚜렷해졌지만 너의 모습은 반대로 점점 흐릿해질 뿐이었고, 자연히 내 불안은 계속 커질 수밖에 없었어. 네가 돌아오는 날을 상상했어. 네가 돌아오는 날을 상상하기 싫었어. 그날 대체 어떤 일이 일어날지, 내가 무슨 말을 처음으로 건네게 될지 짐작조차 되질 않았어. 그래서 밤마다, 꿈을 꾼 밤이든 그러지 않은 밤이든, 나는 불안에 휩싸여 그저 중얼거려야만 했던 거야.

부디 돌아와 달라고.

나를 이 불안으로부터 구해달라고.

＊

그리고 지금, 배웅하는 이 하나 없이 네가 머나먼 땅으로 떠나갔던 그날 이후 처음으로, 나는 비로소 너를 내려다보고 있어. 한밤의 어둠을 틈타 부서진 둥지 끄트머리를 통해 슬그머니 기어들어 온 너를. 더듬이로 공기의 냄새를 맡아가며 내 방을 필사적으로 휘적여 찾아낸 너를. 이젠 바닥에 웅크린 채 바들바들 떨면서 두서없이 중얼거리기만 하는 너를.

소스라침이 가신 내 겹눈 각각에 비로소 네 모습이 똑바로 들어와. 까마득히 기나긴 여정으로부터 돌아온 네 집게발은 하나밖에 남지 않았고, 등딱지는 오래된 상처로 빼곡해. 너의 귀환은 내가 상상했던 모습도 아니고 온 무리가 바랐던 모습도 아니야. 너는 떠날 때와 마찬가지로 조용히, 오로지 나밖에 알지 못하는 모습으로 돌아왔어. 지금껏 알아낸 사실을 내게 가장 먼저 말해주기 위해서.

머나먼 옛날에 항상 그랬듯이.

"내가 옳았어, 셀라시에. 내 생각이 맞았어."

부러진 다리와 찢긴 날개를 연신 삐걱대며 너는 설명하고, 나는 듣고.

"정말로 있었어. 경계 없는 웅덩이 너머의 땅속에서 찾아냈어. 옛 지배자들의 정신을! 거기까지 가는 동안 너무 많은 희생이 있었지만, 그래도 성공했단 말이야. 틀리지 않았단 말이야."

"깨워야 한다고 생각했는데, 이미 깨어 있었어. 말도 할 수 있었어. 내가 그랬잖아. 이름을 부를 수 있다면 대화도 할 수 있을 거라고. 정말이었어. 예상보다 훨씬 힘들었지만, 그래도 결국 그들은 내 말을 들어줬어."

"열심히 상황을 설명했어. 통제되지 않는 기계들에 대해서. 그것들이 벌이는 무의미한 파괴에 대해서. 처음에 옛 지배자들은 이해하는 것 같지 않았어. 한참을 더 설명해 준 뒤에야 겨우 하나가 대답했어. 대답했는데, 그런데……"

"옛 지배자가 말했어. 기계들은 폭주한 적이 없다고. 자신들이 줄곧 원격으로 조종하는 중이었다고. 기나긴 잠에서 깨어나 우리가 세운 문명의 존재를 알아낸 뒤에, 그들은 아주 오래도록 이성적이고 합리적인 토론을 거쳤다고 했어. 그런 끝에 결론을 내린 거래. 우리와 우리의 문명을 모조리 없애기로. 우리를 미워하기로. 그러지 않을 수 있었는데도."

거기까지 말하고서 너는 배를 부풀려 숨을 몰아쉬었다가, 마지막으로 한마디를 더 짜내지.

"그들은 끝까지 우리를 이름으로 불러주지 않았어. 우리를 '벌레'라고 불렀어."

이게 네 오랜 여정의 결과였어. 너는 그들이 내보낸 기계 파수꾼들로부터 목숨만 간신히 건져서, 다시 웅덩이를 건너고 땅을 가로질러서 비틀비틀 둥지로 돌아온 거야. 전쟁을 끝내고 희망과 구원을 가져오기는커녕 무리의 그 누구도 원치 않을 사실 하나만을 겨우 집게발에 쥐고서. 겨우 그딴 걸 내게 가장 먼저 말해주려고.

그토록 비참한 네 모습을 보며 나는 비로소 깨달아.

이 순간에 무슨 말을 건네야 할지 정말 오래도록 고민했지만, 사실 할 말은 진작 정해져 있었어. 그건 감사가 아니야. 비난도 아니야. 기나긴 여행을 마치고 돌아온 네게, 그 아득한 세월이 흘러서야 비로소 다시 만난 네게 해줄 말은 이 세상에 하나밖에 없으니까.

"보고 싶었어."

열세 번째

작가의 말

앞서 맡으신 단편들은 원래 월간지 《고교 독서평설》에 2022년 1월부터 12월까지 연재했던 작품입니다. 단편집으로 엮으면서 여기저기 조금씩 수정을 했고, 잡지에서는 촉박한 인쇄 일정상 완벽하게 마무리할 수 없었던 단어별 조향에도 훨씬 공을 들였습니다만 큰 틀은 거의 달라지지 않았어요. 그러니까 여기서는 잡지 연재 시절부터 줄곧 하고 싶었던 이야기를 그대로 늘어놓도록 하겠습니다. 아무래도 상당히 긴 이야기가 되겠습니다만, 부디 끝까지 들이마셔 주세요.

이 책이 세상에 나오게 된 최초의 계기, 그러니까 《고교 독서평설》로부터 연재 의뢰 메일이 온 순간을 지금도 똑똑히 떠올릴 수 있습니다. 그날이 마침 제 생일이었으니까요. 메일을 마신 장소도 집이 아닌 여행지의 숙소였고요. 당시에 제법 들떠 있었던 저는 의뢰 내용을 다 맡자마자 곧장 연재를 수락했고, '원고지 20~30매 분량의 초단편 SF 연작'을 싣겠다는 간략한 기획까지 적어 보냈습니다. 원고지로 30매 내외씩 12개월 동안 꾸준히 연재한다면 소설의 총 분량이 약 7만 자가 될 텐데, 그만한 길이의 중편을 통째로 만들어내는 것보다는 독립적인 초단편으로 잘라서 구상하는 편이 일정상 훨씬 수월하겠다고 나름대로 머리를 굴린 결과물이었지요.

이 일화의 교훈은 '기분이 지나치게 좋을 때는 중요한 결정을 내리지 말자'입니다.

조금만 생각해 봐도 알 수 있는 사실인데, 중편이든 초단편이든 소설 한 편을 완성하기 위해서는 그럴듯한 핵심 아이디어를 최소한 하나는 짜내야 합니다. 참신한 발상 하나가 작품 전체를 장악하는 일이 흔한 SF 중단편에서는 '그럴듯함'의 허들이 조금 더 올라가고요. 물론 중편 분량에 걸맞은 아이디어와 초단편으로 발전시키기에 적합한 아이디어는 별개입니다만, 두 종류의 아이디어를 떠올리는 일 사이에 유의미한 난이도 차이가 있다고는 생각하지 않아요. 다시 말해서, 생일 기분에 한껏 취해 연재 제안을 승낙하고 기획까지 보낸 순간에 저는 미래의 작업량을 자진해서 열두 배 가까이 늘리고 만 셈입니다. 열두 달에 걸쳐서 매달 하나씩 SF 아이디어를 짜내야 할 테니까요.

들뜬 기분이 가라앉고 이 사실을 자각한 순간부터, 저

는 삽시간에 눈덩이처럼 불어나 버린 이 기획을 어떻게 하면 최대한 그럴듯하게 구체화할 수 있을지 필사적으로 고민하기 시작했습니다. 작업량도 작업량이지만 무엇보다 연재 지면을 고려해야 했어요. 제가 자주 단편을 싣는 SF 앤솔러지들과 달리 월간지는 장르문학에 익숙한 독자들이 주로 들이쉬리라고 전제할 수가 없으니까요. 그런 만큼 SF에 익숙하지 않은 독자도 얼마든지 맡을 수 있는 장르 본연의 재미를 전달하면 좋겠다는 데에 생각이 미쳤습니다.

그리고 SF의 고유한 재미라고 하면 역시 '다른 세계를 상상하는' 재미가 아니겠어요? 현실과는 다른 논리와 규칙이 지배하는 세계가 존재한다면 과연 어떤 모습일지, 그 안에서는 어떤 사건이 벌어질지, 어떤 사람들이 어떤 생각을 하며 살아갈지……. 바로 그런 상상들이야말로 SF라는 장르가 전달할 수 있는 재미의 정수일지도 모른다고 봐요. 이것이 제가 1년 동안 연재할 짧은 글 열두 편의 큰 주제를 '전혀 다른 열두 세계'로 정해, 매달 완전히 다른 세계의 한 단면을 보여주기로 마음먹은 이유입니다. 현실과 조금 다른 세계, 완전히 다른 세계, 군데군데가 크게 다르면서도 어딘지 비슷한 세계, 거의 비슷한 듯하면서도 실제로는 근본적인 차이를 품은 세계까지 SF가 그려낼 수 있는 무수한 세계의 가능성을 독자들이 매달 조금씩 맛보았으면 해서요.

하지만 단순히 '다른 세계를 배경으로 한 SF를 쓰자!'

라는 생각만으로 작업을 시작하기엔 아무래도 눈앞이 너무 막막하죠. 매달 뭐라도 글을 써내려면 조금 더 구체적인 글감이 있어야 일이 편하고요. 그래서 저는 연재를 시작하기 전에 앞으로 쓸 단편 열두 편의 소재만큼은 미리 정해 두기로 했습니다. 각자 전혀 다른 세계의 단면을 보여주겠다는 기획에 걸맞은 소재로요. 혹시 그 소재가 무엇이었는지 막연하게나마 알아맞으신 분이 계실까요? 지금까지 맛보신 열두 편의 소설은 전부 '열두 개로 이루어진 것 가운데 하나'를 소재로 삼은 것입니다. 올림포스 12신 중 하나, 12간지 중 하나, 예수의 열두 제자 중 하나, 이런 식으로요. 이렇게 고른 소재에 맞춰서 어떤 세계와 사건을 만들지를 정했고, 작중의 고유명사도 전부 각 단편의 소재와 관련이 있도록 지었습니다.

물론 잡지에 연재할 때는 지면이 엄격하게 한정되어 있기에, 제가 아무리 소재 선정과 고유명사 짓기에 공을 들였다고 한들 그걸 독자들에게 풀어놓을 방법은 없었습니다. 핵심 아이디어와 사건을 어떻게 떠올렸는가, 연재 당시의 어떠한 일이 작품에 반영되었는가, 못다 한 이야기는 무엇이 있나, 그런 갖가지 뒷얘기 역시 속으로만 품고 있어야 했지요. 언젠가 단편 열두 편을 한 권으로 묶어서 출간할 수 있기를 간절히 바란 건 그래서였습니다. 단행본에는 '작가의 말'이라는 지면이 따로 주어지잖아요.

작가의 말이란 본래 아무도 궁금해 하지 않는 이야기를 구구절절 적어두라고 있는 공간입니다. 이렇게까지 누구의 관심도 끌지 않는 전통이 어떻게 여태 유지됐는지 궁금할 정도로요. 어쩌면 아무도 궁금해 하지 않는 이야기를 굳이 늘어놓는 게 작가들의 보편적인 본능이기 때문 아닐까요? 이미 짐작하셨다시피 저도 그러한 작가 중 한 사람이므로, 지금부터는 작가의 말이라는 이 지면을 최대한 이용해 먹을 작정입니다. 어딘가에는 단어 하나하나에 작가가 담은 뜻이 궁금해 책을 끝까지 쿵쿵대는 독자가 있으리라 굳게 믿으면서 말입니다. 그럼 다들 숨 잠깐 돌리시고, 준비, 시작!

토끼 굴
_《이상한 나라의 앨리스》 제1장 〈토끼 굴 아래로〉

전혀 다른 열두 세계를 그리는 연작소설의 시작을 알리는 단편이니만큼, 평범한 세계를 벗어나 다른 세계로 전이하는 이야기를 쓰고 싶었습니다. 그런 이야기 중에 가장 유명한 작품을 꼽자면 역시 영국 작가 루이스 캐럴 (Lewis Carroll)의 동화 《이상한 나라의 앨리스》(이하 《앨리스》)겠지요. 《앨리스》는 총 열두 개의 장으로 구성되어 있는데, 그중 제1장 〈토끼 굴 아래로〉는 주인공 앨리스가 회중시계를 든 흰토끼를 따라서 이상한 나라로 통하는 구멍에 뛰어드는 내용입니다. 마침 우리에게 익숙한 문학작품 속의 토끼는 거북이를 타고 심해를 여행하기도 하고 달에서 불로장생의 약물을 합성하기도 하는 굉장히 SF 친화적인 동물이므로, 큰 고민 없이 〈토끼 굴 아래로〉를 첫 단편의 소재로 삼아 '흰토끼를 쫓아 신비로운 통로로 내려가는 이야기'를 썼습니다.

*

《앨리스》를 쓴 루이스 캐럴, 그러니까 찰스 럿위지 도지슨(Charles Lutwidge Dodgson)의 본업이 옥스퍼드대학 크라이스트처치의 수학자였다는 사실은 유명하죠. 학장의 어린 딸이자 책 속 앨리스의 실제 모델이라고도 알려진 앨리스 리들(Alice Liddell)과 친했다는 일화도요. 앨리스에게는 언니 로리나(Lorina Liddell)와 여동생 에디스(Edith Liddell)가 있었고, 작중 등장하는 해양연구선 '로리나'와 탐사정 '에디스'는 여기서 따온 이름입니다.

기왕 구멍에 떨어지는 이야기를 소재로 삼았으니, 등장인물 세 사람(멜, 아자코프 박사, 심스)의 이름은 전부 도시전설이나 유사과학 속 '땅에 뚫린 이상한 구멍' 이야기에서 가져왔습니다.

'멜의 구멍(Mel's hole)'은 미국 워싱턴주 엘렌스버그 근처에 있다는 기묘한 구멍으로, 각종 음모론을 퍼뜨리는 것으로 악명 높은 라디오 방송 〈Coast to Coast AM〉을 통해 세간에 알려졌습니다. 방송에 출연한 멜 워터스(Mel Waters)라는 인물의 말에 따르면 문제의 구멍은 바닥을 알 수 없을 만큼 깊고, 죽은 동물을 되살리는 힘을 지녔으며, 물개 태아를 닮은 괴물도 산다고 합니다. 현재까지 멜의 구멍을 찾아내려는 시도는 전부 실패했으니 아마 통째로 지어낸 이야기겠지만요.

'아자코프 박사(Dr. Azakov)'는 이른바 '지옥으로 통하는 우물(Well to Hell)'이라고 불리는 도시전설의 등장인물입니다. 이야기에 따르면 아자코프 박사가 이끄는 소련 기술자들이 시베리아 어딘가에서 땅을 깊이 뚫는 실험을 하다가 미지의 공동을 발견했고, 그곳으로 마이크를 포함한 각종 센서를 내려보내자 어마어마한 고온 속에서 고통에 찬 비명이 포착되었다고 합니다. 내용에서 짐작할 수 있듯이 주로 기독교 매체를 통해 전파된 근거 없는 낭설입니다.

심스의 이름을 가져온 존 클리브스 심스 주니어(John Cleves Symmes Jr.)는 19세기 초 미국의 군인인데, 지구 속이 텅 비어 있다는 '지구공동설'에 푹 빠져서 자신만의 지구공동설 이론을 주창한 것으로 유명합니다. 극지방에 지구 내부로 통하는 커다란 구멍이 뚫려 있다고 믿은 심스는 자신의 가설을 증명하기 위해 극지 원정까지 계획했으나 결국 실행에 옮기지는 못했습니다.

홀데인(J. B. S. Haldane)의 '선캄브리아대 토끼(Precambrian rabbit)', 퍼시벌 로웰(Percival Lowell)의 화성 운하, 요하네스 프렌첼(Johannes Frenzel)의 '살리넬라(*Salinella salve*)'는 전부 실제 일화입니다. 윌리엄 비비(William Beebe)가 배시스피어 탐사 도중에 미지의 심해 생물들을 목격한 일도 마찬가지고요. 심해무지개꼬치고기(Abyssal rainbow gar), 다섯줄별자리고기(Five-lined constellation fish), 폭발화염방사기새우(Exploding flammenwerfer shrimp), 거대한 용 모양의 물고기(Bathysphaera intacta), 허연돛고기(Pallid Sailfin)는 모두 비비의 증언에 나오는 생물입니다. 현재는 대체로 그가 다른 심해 생물을 잘못 본 것이라고 여겨지는 듯합니다.

*

깨닫기만 해도 생물학에 대한 우리의 이해를 근본적으로 바꿔놓을 수 있지만, 그렇기에 쉽사리 재현되지 않는 대발견인 '토끼'라는 개념은 물론 이 단편을 위해 지어낸 것입니다. 로웰의 운하나 프렌첼의 살리넬라나 비비의 심해어들이 그랬듯이, 재현되지 않는 발견이란 현실에서는 별 가치 없는 착오에 불과한 법이니까요. 생물학만의 이야기도 아니지요. 당장 떠오르는 사례라면 복잡한 수학적 곡예를 통해 이론상으로만 존재 가능성을 점치던 새로운 페르미온 중간쿼크(Middle Quark)를 CERN에서 진짜 찾아냈다고 발표한 덕에 벌어진 2011년의 야단법석이 있고, 최근의 초전도체 소동도 빼놓을 수 없을 겁니다. 둘 다 결국에는 재현되지 않았으니까요. 지금은 그냥 헛소동으로만 기억되고요.

하지만 한 해의 시작부터 독자들에게 이런 냉정하고 삭막한 결론을 맡게 할 수는 없었기에, 첫 단편은 최대한 희망찬 이야기를 풍기려고 애썼습니다. 생물학적 원리의 감옥에서 벗어나 육체를 조금 더 자유로이 변화시킬 수 있게 된 세계를 제시함으로써 말입니다. 바꿔 말하면 우리가 생물학적인 자유를 얻은 세계야말로 제가 상상할 수 있는 가장 희망찬 세계라는 결론이 되는데……. 더 나은 이상을 품으신 분이 있다면 나중에 저한테도 슬쩍 내쉬어 주세요. 궁금하니까요.

그땐 평화가 행성들을 인도하고
_물병자리

첫 단편이 전혀 다른 세계의 시작을 알리는 이야기였으니, 다음 이야기로는 세계가 바뀌는 전환기의 이야기를 해보고 싶었습니다. 시대의 전환이라고 하면 뉴에이지 신비주의에서 말하는 소위 '물병자리의 시대(Age of Aquarius)'를 떠올리지 않을 수가 없었고요.

태양이 지나는 길(황도)이 천구상의 적도와 만나는 지점을 분점이라고 하는데, 점성술에서는 이 분점이 황도 12궁 중 어느 별자리의 영역에 있는지를 가지고서 시대를 나누기도 합니다. 2천여 년간 지속된 물고기자리의 시대가 지나고 물병자리의 시대가 열리면 사랑과 평화가 세상을 뒤덮으리라는 믿음이 뉴에이지 운동의 핵심 사상 중 하나죠. 마침 지난 단편에 물고기가 등장했고, 또 물병자리는 이 단편이 세상에 나온 1월 말~2월 초에 해당하는 별자리이기도 하니 이보다 적절할 수가 없었습니다.

＊

제목은 히피 문화와 물병자리의 시대를 다룬 뮤지컬 〈헤어〉의 대표곡인 〈물병자리(Aquarius)〉에서 가져왔습니다. 첫 소절 가사예요. "달이 제7하우스에 들어오고/목성이 화성과 정렬하면/그땐 평화가 행성들을 인도하고/사랑이 별들을 이끌리라." 멋들어진 가사지만 사실 점성술 용어로는 완전히 말도 안 되는 소리라고 합니다.

두 등장인물의 이름은 모두 위의 가사에 등장한 행성에서 따왔습니다. 동북아 전통 천문학에서 형혹(熒惑)은 화성, 세성(歲星)은 목성을 일컫는 단어입니다.

특정 시점 이후에 태어난 아이들이 집단으로 행동하면서 어른들을 위협한다는 설정의 모티프가 된 작품은 존 카펜터 감독의 공포영화 〈저주받은 도시(Village of the Damed)〉(1995)입니다. 존 윈덤(John Wyndham)의 1957년 소설 《미드위치의 뻐꾸기들(The Midwich Cuckoos)》을 영화화한 작품이자, 1960년에 나온 동명 영화의 리메이크이기도 해요. 카펜터의 작품 중에서는 평가가 나쁜 편이고 흥행도 실패했지만, 어릴 때 우연히 접한 영화는 실제로 그 작품이 얼마나 대단했는지와는 별개로 기억에 깊이 남곤 하잖아요? 제게는 이 영화가 딱 그렇습니다. 중간에 한 번 나오는 조잡한 점프 스케어에 겁을 집어먹었기 때문인지, 아니면 눈으로 초능력을 써서 사람을 마음대로 조종하는 은색 단발 아이들이 잔뜩 나오는 게 어린 오타쿠의 마음에 불을 지폈기 때문인지는 모르겠지만요.

＊

사실 수많은 영화 중에서 하필이면 〈저주받은 도시〉가 어린 시절의 기억에 단단히 새겨진 이유는 따로 있을 겁니다. 제가 영화관이 아닌 집에서 최초로 들이쉰 영화였거든요. 21세기에 태어난 독자 여러분은 잘 모르시겠지만, 옛날에는 영화를 보기만 하지 않고 맡기까지 하려면 영화관에 가야 했습니다. 그러다가 2천년대 초에 접어들면서 가정용 텔레비전에도 2세대 오피우쿠스 시스템이 달려 나오기 시작한 거예요. 당시에 새 텔레비전으로 맨 처음 접한 영화가 바로 〈저주받은 도시〉였고요. 그게 마침 공포영화였던 탓에, 공포가 일상 공간에까지 생생하게 침투한 최초의 경험이 어린 이산화의 뇌에 화학적으로 각인되어 버린 게 아닐까요? 음, 역시 저가형 스마트폰에도 오피우쿠스 시스템이 당연히 달려 나오는 요즘 세상에 공감을 살 만한 이야기는 아니네요. 세대 차이만 느껴지는 것 같고.

그러고 보니 마침 〈저주받은 도시〉의 핵심 정서가 바로 세대교체에 대한 공포이기도 합니다. 도무지 이해할 수 없는 '요즘 애들'에 대한 공포 말이죠. 떼 지어 몰려다니고, 이상한 기술을 쓰고, 위험천만한 사상에 물들어 있고, 어른을 우습게 알고……. 자기네들이 애써 일궈 놓은 사회를 이런 아이들이 집어삼킬지도 모른다는, 그런 뒤엔 자기네들을 아예 사회 바깥으로 쫓아낼지도 모른다는 기성세대의 두려움은 지금껏 무수한 창작물의 영감이 되어 왔습니다.

뭔가 새로운 문물을 마주할 때마다 어른들이 떨어대는 호들갑이야 저도 정말 질색합니다만, 사실 이러한 두려움에 아주 근거가 없는 건 아니에요. 역사상에 전례가 얼마든지 있기도 할뿐더러, 최신 고인류학 연구에 따르면 사실은 우리 인류조차 이처럼 갑작스러운 세대교체의 산물이라고 하니까요. '인간종 개체 수 대전환(Great Hominid Population Reversal, GHPR)' 사건이라고 혹시 맡아보셨나요? 빙하기 때부터 거의 20만 년 이상 지구 곳곳에서 다른 인간종과 경쟁하다가 점점 뒤처져 한때 멸종 위기에까지 몰렸던 우리 조상들이, 약 4만 년 전쯤에 갑자기 어마어마하게 번성해 경쟁자를 거꾸로 멸종시키고 우점종으로 거듭난 사건입니다. 정확한 원인이 무엇인지에 대해서는 아직도 학계 의견이 엇갈리는 모양이더라고요. 설마 제가 소설에 쓴 것처럼 혜성이 원인일 리는 없겠지만요.

어쩌면 세대교체에 대한 우리의 공포 속에는 먼 과거 모종의 방식으로 지구의 '기성세대'를 몰아내고 왕좌에 올랐던 조상들의 기억이 잠재되어 있는지도 모릅니다. 그건 언젠가 우리도 다음 세대에 의해 똑같은 방식으로 대체될지도 모른다는 초조함일까요? 아니면 우리가 쫓아낸 친척들에 대한 죄의식일까요? 어느 쪽이든 흥미로운 건, 이러한 공포를 소재로 삼은 이야기 대다수가 결국 우리보다 한층 효율적이지만 한없이 냉혹하며 무감정한 존재들을 우리의 다음 세대로 상정한다는 점입니다. 그게 돌연변이 은발 아이들이든, 인공지능 로봇이든, 외계 생명체든 마찬가지로요.

아마 이것은 우리 인류가 연민하고 공감하는 성질을 우리의 최대 특징이자 장점이라고 여기며 '인간성'이라고까지 부른다는 사실과도 무관하지 않을 겁니다. 하지만 연민과 공감이 곧 인간성이라면, 우리보다 더 공감 능력이 뛰어난 존재는 우리보다 더 '인간'인 걸까요? 우리보다 더욱 강고한 인간성을 갖춘 존재가 등장한다면 인류는 기성세대로서 과연 어떻게 반응할까요? 겸허히 자리를 내줄까요, 아니면 어른들이 으레 그러듯이 고집을 부릴까요? 이 단편은 바로 그런 발상에서 출발한 글입니다.

위에서처럼 아래에서도
_헤르메스

앞선 두 단편에서 전체 기획의 틀을 어느 정도 잡아두었기 때문에, 세 번째부터는 조금 더 편하게 '다른 세계'를 상상할 수 있었습니다. 소재도 보다 자유롭게 정했고요.

올림포스 12주신 중 한 명인 헤르메스는 후대에 신비학의 상징이 되었고, 이집트의 신 토트와 합쳐져 헤르메스 트리스메기스투스(Hermes Trismegistus)라 불리는 전설적인 인물로 그려지기도 했죠. 연금술을 포함한 여러 신비주의 철학을 가리키는 헤르메스주의(Hermeticism)가 여기에서 유래했습니다. 헤르메스주의는 지금에 와서는 곰팡내 나는 과거의 유산이지만, 빛바랜 옛꿈이 정말로 이루어진 세상이 어떤 모습일지는 상상해 볼 가치가 좀 있지요.

✳

제목은 헤르메스 트리스메기스투스가 지었다고 일컬어지는 전설적인 텍스트 〈에메랄드 서판〉에서 유래한 헤르메스주의의 핵심 구절 "As Above, So Below"에서 가져왔습니다.

금여명과 장미열의 이름은 유명한 헤르메스주의 비밀결사인 황금여명회(Golden Dawn)와 장미십자회(Rosicrucianism)에서 각각 따왔습니다.

작중에 등장하는 생물 이름은 전부 헤르메스주의 전통을 이은 신비주의자 알레이스터 크로울리(Aleister Crowley)의 신학 체계 텔레마(Thelema) 속 초자연적 존재에서 가져왔습니다. 바발론(Babalon)과 누이트(Nuit)는 여신, 테리온(Therion)은 크로울리 본인에 대응하는 존재, 아이와스(Aiwass)는 크로울리에게 계시를 내려준 것으로 유명한 수호천사입니다.

＊

헤르메스를 소재로 삼았으면서도 정작 소설 속에서는 그리스 신이 아니라 헤르메스주의 이야기만 했다는 점이 조금 아쉽기도 합니다. 헤스티아나 디오니소스를 고를 걸 그랬나 싶기도 하고요. 하지만 제게는 21세기 현대 사회에서 군이 헤르메스주의를 수련하는 사람들에 대한 모종의 애착이 있단 말이죠. 연금술에서 시작한 근대 화학이 한참 발전해 오피우쿠스 시스템을 8세대까지 만들어내기에 이르렀음에도 여전히 옛날 연금술사들의 비법을 재현하려 애쓰는 사람들, 타인에게 잘 풍기고 싶다는 욕망에 휘둘리면서도 남들처럼 수상쩍은 페로몬 보조제라든가 야쭙슨 기관 마사지를 시도하는 대신 기어이 마법 오일을 사서 바르는 사람들 말입니다. 이렇게까지 시대착오적인 방식으로 거대한 불가능에 도전하는 모습엔 나름의 장엄함이 있다고요. 그렇게 생각하지 않나요?

이무기 시절도 한때
_용

직전 단편에 헤르메스와 전혀 무관한 호랑이를 등장시킨 이유는, 이번 단편의 소재를 용으로 정했기 때문입니다. 12간지 중 유일한 상상의 동물이고, 이 단편이 잡지에 실려 처음 공개된 음력 3월의 월건(月建)*이기도 하지요. 12간지 중에서 하나를 골라 글감으로 써야 한다면 당연히 용 아니겠습니까? 다만 용이 존재하는 세계를 배경으로 한 판타지 소설은 이미 많은 걸작이 있어서, 그 방향과는 전혀 다른 세계 이야기를 일부러 골라 썼어요.

＊

두 등장인물의 이름은 앞에 '용'이라는 글자가 붙는 식물에서 가져왔습니다. 설란은 용설란, 담초는 용담초.

나비가 애벌레 시절의 일을 기억한다는 언급은 사실입니다. 맡고 보고 들은 걸 시시콜콜 기억한다는 뜻은 아니고, 특정 화학물질에 대한 호불호가 변태 이후에도 유지된다는 정도의 이야기지만요.

• 음력의 달에 부여되는 12간지. 음력 3월의 월건은 진(辰).

인류가 지금과는 다른 진화의 길을 택했다면 과연 세상이 어떻게 바뀌었을지 생각해 보는 건 항상 즐겁습니다. 개체 수 대전환 사건 이전에 현생인류와 공존했던 크로마뇽인을 떠올리면 더더욱 그렇지요. 최신 고인류학 연구를 조금만 더 인용하자면, 크로마뇽인의 머리뼈 화석을 분석해 본 결과 페로몬 감지에 관여하는 종말신경이 현생인류와 비교해 한참 덜 발달되어 있었다는 사실이 밝혀졌다고 합니다. 그들이 우리와는 달리 화학적 단서 없이 거의 전적으로 시각과 청각에만 기대어 의사소통을 했으리란 뜻이죠. 그러니 생김새도 닮았고 뇌 용량도 비슷했을지언정 크로마뇽인들은 우리 조상들이 매일 들이쉬고 내쉬던 언어와 감정 상당수를 결코 이해하지 못했을 겁니다. 우리가 택하지 않은 진화의 길을 걸어갔기 때문에요.

　그렇다면 우리에게도 결코 이해할 수 없는 영역이 어딘가에 있지 않을까? 우리가 택하지 않은 무수한 길 안에는 과연 어떤 감각들이 존재할 수 있었을까? 〈이무기 시절도 한때〉는 이런 상상에서 착안해 쓴 단편입니다. 작중에서 친구가 용으로 변해간다는 일은 친구가 이사 가거나, 성장하거나, 혹은 죽는 일의 직접적인 비유가 아니에요. 셋 모두와 조금씩 비슷하지만 동시에 엄연히 다른 현상이고, 그래서 담초가 느낀 감정을 우리는 어렴풋이 짐작할 수 있을지언정 결코 온전히 이해할 수는 없을 겁니다.

바로 그런 감정을 그려보고 싶었어요.

새로고침
_F5

컴퓨터 키보드 중에서 가장 보편적인 쿼티 키보드에
는 12개의 기능 키가 있습니다. 그중 다섯 번째인 F5는 윈
도우 운영체제에서 웹페이지의 최신 사본을 불러오는 '새
로고침' 기능을 주로 수행하지요. 5월은 마침 새 대통령
취임이 예정된 달이었기 때문에, 우리의 의지로는 어찌할
수 없는 결정에 따라 뒤바뀌는 세계를 그리는 단편에도
잘 들어맞는다고 생각했습니다.

＊

이 단편에는 굳이 설명할 만한 소재가 등장하지 않습
니다. 한편 부족 이름을 짓는 방식은 조금 마음에 들었으
므로, 나중에 다른 작품에서 또 쓰게 될지도 모르겠어요.

＊

새 대통령 취임을 기념하는 단편치고 내용이 너무 암
울하지 않냐고요? 너무 명백한 정치적 메시지를 풍기려는
의도가 다분하다고요? 이건 아무래도 해명이 필요하겠네
요. 이 단편의 향이 다소 신랄해진 것은 오로지 집필 당시
에 제가 심한 보습코기관염에 걸려 있었기 때문이지, 대

선 결과에 무슨 불만이 있었기 때문은 결코 아닙니다! 정말이지 그땐 한 달 내내 친구도 못 만나고 살았다고요. 입천장이 퉁퉁 붓는 바람에 남의 말 맡으려고 숨 들이쉴 때마다 아파 죽을 것 같았으니까요. 그런 꼴이었는데 대통령이 누가 되든지 기분이 좋았을 리가 있었겠습니까? 그러니까 다들 부디 봄철 보습코기관염 주의하시고, 저한테든 출판사에든 압수수색 같은 건 하지 말아 주세요. 헛걸음이 될 테니까요.

지구돋이
_에드거 미첼

아폴로 계획을 통해 달 표면에 발을 디딘 우주비행사는 총 열두 명입니다. 에드거 미첼(Edgar Mitchell)은 그중 여섯 번째였고요. 아폴로 14호 임무를 성공적으로 마친 미첼의 이후 행보는 동료들하곤 좀 다르게 흘러갔습니다. 초능력을 비롯한 초자연현상 연구에 깊이 빠져서 아예 연구재단까지 설립했거든요. 외계인이 이미 UFO를 타고 지구에 방문했으며 정부가 이를 숨기고 있다는 음모론을 열심히 퍼뜨린 건 덤입니다. 어떤 기준에서든 가장 모범적인 우주비행사는 아닙니다만, 불가해한 외계생명체가 등장하는 우주개발 대체역사 SF의 소재로 삼기엔 역시 이만한 사람이 없죠.

*

제목은 미첼의 자서전 《지구돋이(Earthrise)》(2014)에서 따왔는데, 원래 '지구돋이'는 윌리엄 앤더스가 아폴로 8호 임무 도중 촬영한 지구 사진에 붙은 이름이에요. 작중에 언급된 것처럼 앤더스가 '마지막 순간'에 찍은 건 물론 아닙니다. 현실에서 아폴로 8호는 무사히 귀환했으니까요. 이외에도 작중 언급된 사람·책·언론·기관 등은 전부 현실에서 어느 정도 가져왔습니다만, 서술과 인용구는 모조리 꾸며낸 것입니다.

에드거 미첼의 생전 마지막 인터뷰는 2015년 《데일리 미러》와 한 것인데, 이때 미첼은 외계인들이 냉전 당시에 핵전쟁을 막고자 지구에 개입했으리라고 주장했습니다.

최초의 우주비행사 유리 가가린(Yuri Gagarin)이 "여기에 신은 없다"라고 말했다는 일화는 유명하지만, 실제로 그런 말을 한 기록은 없다고 합니다.

천문학자 칼 세이건(Carl Sagan)의 《창백한 푸른 점》 (1994)은 실제로 있는 책이고, 미국의 우주개발 과정 이야기도 상세히 실려 있습니다.

거스 그리섬(Gus Grissom)은 머큐리 계획에 참여한 우주비행사로, 1961년 임무에서 바다에 떨어진 리버티벨 7호의 해치가 갑작스레 터져 날아가는 바람에 익사할 뻔한 적이 있습니다.

캐서린 존슨(Katherine Johnson)은 우주 경쟁 당시 NASA에서 궤도 계산을 담당했던 수학자입니다. 영화 〈히든 피겨스〉(2016)의 주인공으로도 유명하지요. 2016년에 《비즈니스 인사이더》에서 낸 현실의 기사는 인터뷰가 아니라 일대기입니다.

현실에서 아폴로 8호 승무원들이 낭독한 성경 구절은 《창세기》 1장 1절부터 10절까지였습니다.

에드거 미첼의 《탐험가의 길(The Way of the Explorer)》 (1996) 역시 실제로 있는 자서전입니다.

아폴로 11호 임무를 통해 인류 최초로 달 표면을 밟으면서, 닐 암스트롱(Neil Armstrong)은 "이는 한 인간에게는 작은 한 발짝이나 인류에게는 거대한 도약이다(That's one small step for a man, one giant leap for mankind)"라고 말했습니다. 작중의 편지 내용은 이를 뒤튼 것입니다.

현실에서 아폴로 13호는 우주에서 산소 탱크가 폭발하는 대형 사고를 겪고도 지구로 무사히 귀환했습니다. 사고 당시 스와이거트가 휴스턴 관제 센터에 전달한 "여기 문제가 생겼다(We've had a problem here)"라는 말은 우주비행사 특유의 침착함이 주는 아이러니 덕택에 유명해져 오늘날까지도 널리 쓰입니다.

아폴로 13호는 무사히 귀환했으니, 현실에서 닉슨이 추모 연설을 할 일은 없었습니다. 한편 작중에서 닉슨은 케네디의 1962년 라이스대학 경기장 연설 "우리는 달에 가기로 했습니다(We choose to go to the Moon)"를 인용하고 있습니다.

검열된 단어는 앞에서부터 '조셀린 벨 버넬', '뉴멕시코주 로즈웰', 'UFO 추락'입니다. 조셀린 벨 버넬(Jocelyn Bell Burnell)은 1987년 맥동전파원(Pulsar)을 최초로 발견한 영국의 천체물리학자이며, 맥동전파원은 발견 당시에 주기적 신호를 보내는 외계 문명일지도 모른다는 추측에 LGM(Little Green Men)이라는 별명이 붙은 일화가 있습니다. 한편 로즈웰 사건은 관측용 기구의 잔해를 오인해서 일어난 소동이라는 것이 정설입니다.

아폴로 14호 임무에 참여한 우주비행사 앨런 셰퍼드

(Alan Shepard)는 다섯 번째로 월면을 밟은 인물이자, 달에서 골프를 친(나아가 어떤 종류의 스포츠든 해본) 유일한 인물이기도 합니다. 진짜 골프채를 가져간 건 아니고, 헤드만 가져가서 장비 손잡이에 붙여 휘두른 것입니다.

제임스 플레처(James C. Fletcher)는 1972년 당시 NASA 국장이었던 인물입니다.

《에필로그》(1997)는 칼 세이건의 마지막 저서로, 환경 오염과 기후 위기에 대한 경고가 담겨 있습니다.

아폴로 14호 임무 도중 에드거 미첼은 실제로 착륙선의 프로그램 오류를 직접 수정한 적이 있습니다. 착륙선이 예기치 못한 상황에서 착륙 중지 신호를 받는 오류였다고 합니다.

*

어쩌다 보니 SF 작가이면서 우주를 배경으로 쓴 소설이 하나도 없는 신세인데, 이 단편은 지금까지 쓴 SF 중에서 처음으로 우주 공간을 배경으로 한 장면이 나온 글입니다. 그런데도 이런 내용이 되고 말았네요. 우주를 싫어하는 건 전혀 아니에요. 오히려 일부러 조향하지 않아도 '우주'라는 단어에선 그 자체로 강렬한 꿈의 냄새가 난다고 느낄 정도입니다. 동시에 우리가 그토록 강렬한 꿈에 너무 단단히 홀려버리지는 않을까 내심 두려워하고도 있지만요.

옛 SF 거장들이 풀어낸 그 모든 거창한 우주 진출 이야기들이 과연 작금의 현실에, 그러니까 억만장자들이 어마어마한 돈을 태워 우주선으로 소꿉놀이나 하며 한심한 과대망상을 충족시키는 꼬락서니에 과연 아무런 책임이 없다고 말할 수 있을까요? 실제로 그런 소꿉장난이 우리를 오염되어가는 지구에서 탈출시켜줄 가능성은 지극히 희박한데도 말입니다. 정말이지 인류는 가끔 코스믹 호러를 읽으면서 주제 파악을 할 필요가 있다니까요.

증오가 명예로웠던 시절에
_제임스 포레스탈

UFO 음모론에 빠진 우주비행사 이야기를 했으니, 다음은 더 직접적인 UFO 음모론을 소재로 삼아 보았습니다. 이 동네에는 '마제스틱 12'라는 유명한 소재가 있거든요. 1947년에 미국 정부에서 고위 관료와 군 장성과 과학자 열두 명을 모아 UFO를 연구하는 비밀 위원회를 설립했다는 이야기인데, 그 일원으로 언급되는 사람 중 하나가 바로 미국의 초대 국방장관 제임스 포레스탈(James V. Forrestal)입니다.

포레스탈은 말년이 비극적이었던 것으로도 잘 알려져 있습니다. 트루먼 대통령과 갈등을 빚어 해임된 뒤 정신건강이 점점 나빠져서 해군병원에 입원했다가, 결국엔 소포클레스의 비극 《아이아스》 일부를 필사해 유서로 남긴 뒤 6층에서 투신했거든요. 이 일화를 모티브로 삼아 이번 단편을 썼습니다. 외계인의 위협에 대응하기 위한 위원회는 현실과는 달리 공식적으로 존재했지만, 그 구성원 중 하나의 운명은 현실과 크게 다르지 않았던 어느 세상의 이야기입니다.

＊

제목은 《아이아스》 속 오디세우스의 대사를 인용했습

니다. "Yes; but I hated him while hate was honourable."
아킬레우스의 유품을 물려받을 권리를 두고 원한을 품어
동료들을 살해하려 들었던 장수 아이아스가 아테나의 개
입으로 암살에 실패하고 자살하자, 그의 장례를 어떻게
치를지를 두고 오디세우스가 아가멤논왕과 논쟁을 벌이
는 장면입니다. 여기서 오디세우스는 이미 죽은 원수를
계속 증오하는 일이 옳지 못하다는 논리를 펼칩니다.

'밤꾀꼬리 위원회'는 포레스탈이 필사한 《아이아스》
의 마지막 구절 "Of the lone bird, the querulous night-
ingale—"에서 따왔습니다.

밤꾀꼬리 위원회 구성원들의 이름은 포레스탈을 기려
명명된 포레스탈급 항공모함의 함명을 가져왔습니다. 각
각 2번함 새러토가, 3번함 레인저, 4번함 인디펜던스입니
다. 한편 '키티호크'는 포레스탈급 바로 다음 세대인 키티
호크급 항공모함에서 가져온 이름입니다.

＊

로즈웰 사건에 얽힌 음모론이 전부 사실이라서 우리
가 정말로 추락한 UFO 속 외계인 사체를 해부했고 영
상 기록까지 남겼다면, 그건 너무 비윤리적인 사건이 되
는 게 아닌지 예전부터 줄곧 생각해 왔습니다. 영상 속 외
계인은 말하자면 교통사고 피해자인 셈이니까요. 교통사
고 피해자의 시신 해부 영상을 언론에 대대적으로 보도하

고, 다 같이 돌려쉬며 세간의 흥밋거리로 만들고, 유가족의 동의를 받을 생각조차 없이 온갖 창작물의 소재로 활용한다고 생각해 보세요. 지구인들은 죄다 은하계 법정에 서야 마땅합니다!

그리고 아마 은하계 법정에 선 인류에겐 별다른 승산이 없겠지요. 아무리 대단한 변호사가 나선다 한들, 외계인들이 우연히 우리처럼 복잡한 화학적 의사소통 방식을 진화시켰을 리는 만무하니 우리 변호사는 그들에게 의사조차 제대로 전달하지 못할 겁니다. 멸종한 크로마뇽인들처럼 페로몬 없이 목소리만으로 말하며 지구의 문화를 어설프게 변호하려 애쓰는 변호사의 모습을 상상해 보세요. 말이 통하지 않았던 크로마뇽인을 우리 조상들이 무자비하게 멸종시켰듯, 은하계 재판관들도 우리에게 무자비한 사형선고를 내릴지 모르는 일입니다. 우리가 증오를 잔뜩 내쉬어 놓고서 타인에게 무작정 자비를 기대할 수는 없는 노릇이니까요. 이게 비단 외계인이나 크로마뇽인 이야기만은 또 아니겠습니다만.

샛길의 독사
_단 지파

성경에 따르면 유대 민족의 시조 야곱에게는 열두 아들이 있어, 이들이 각각 이스라엘 열두 지파의 선조가 되었다고 합니다. 이후 이스라엘 왕국이 남북으로 분열될 때 유다 지파와 베냐민 지파를 제외한 나머지 열 지파는 북이스라엘 왕국을 이루었는데, 북이스라엘이 기원전 720년경 신아시리아 제국에 정복당하면서 이들 지파의 행방은 알 수 없게 되었습니다. 여기서 비롯된 것이 소위 '사라진 열 지파'라고 일컬어지는 이야기로, 현대까지도 세계의 온갖 민족과 집단과 개인들이 유대 민족의 후손임을 근거 없이 자칭하는 데에 널리 쓰입니다. 한민족이 이런 자리에 빠질 수는 없죠. 단군이 단 지파 사람이니 한민족도 사실 유대인이라는 이야기 혹시 맡아보셨나요?

단 지파를 한민족의 조상으로 끌어오는 일이 유사역사학 가운데서도 특히 우스꽝스러운 이유는, 성경에서 이 지파의 취급이 별로 좋지 않기 때문입니다. 《사사기》 18장에서 거주할 땅을 정탐하다가 우연히 미카라는 이방인을 맞닥뜨린 단 지파는, 그의 집에서 우상을 무력으로 강탈해 자기 우상으로 삼는 만행을 저지릅니다. 그 때문인지 《요한계시록》 7장에서는 에브라임 지파와 함께 이름이 빠지고 말아요. 적그리스도가 단 지파에서 나오리라는 추측도 있고요. 우리 조상으로 내세우기에 썩 좋은 지파는 아니죠? 끔찍한 포스트 아포칼립스 세상을 그리는 단편 소재로나 쓴다면 모를까.

＊

제목은 야곱이 아들들의 훗날을 예언하는 《창세기》의 구절에서 가져왔습니다. "단은 길섶의 뱀이요 샛길의 독사로다 말굽을 물어서 그 탄 자를 뒤로 떨어지게 하리로다(49:17)"입니다.

단, 쥬다, 베냐, 레비는 모두 이스라엘의 열두 지파에서 가져온 이름입니다. 차례로 단 지파, 유다 지파, 베냐민 지파, 레위 지파. 도망친 공주의 이름을 '단'으로 정한 이유는 이들 중에서 단 지파만이 사라진 열 지파에 해당하기 때문이에요. (지파 숫자가 안 맞는다고 생각하셨나요? 성직을 맡은 레위 지파는 정해진 땅이 없었기 때문에, 영토를 기준으로 논할 땐 포함하지 않는다고 합니다.) 한편 시종 미카는 앞서 말한 《사사기》 18장에서 단 지파 사람들에게 우상을 빼앗긴 인물이 모델입니다.

＊

저는 인간으로 의태하는 포식자 이야기를 굉장히 좋아합니다. 어쩌면 2세대 오피우쿠스 시스템이 페로몬을 내뿜어 제 머릿속에 새겨둔 또 한 편의 영화인 기예르모

델 토로 감독의 〈미믹〉(1997) 덕분일지도 모르겠습니다. 〈미믹〉에 등장한 곤충 괴물은 단지 흐릿하게 사람의 실루엣을 흉내 낼 뿐입니다만. 그보다 더 정교한 흉내도 아마 얼마든지 가능할 거예요. 인간과 같은 사회적 동물인 개미를 생각하면 말입니다. 개미의 겉모습을 흉내 내서 천적을 속이고, 개미를 잡아먹고, 개미에게 빌붙어 살아가는 절지동물이 얼마나 많은지 아시나요? 나비 유충 중에는 심지어 개미의 페로몬을 모방해 동족인 척하며 개미집에서 자라나는 종도 있어요. 전부 다 인간에게도 너끈히 통할 전략이죠. 그러니까 어쩌면 우리 중에도……

  덧붙여 이 소설은 방사능 오염수 방류 논란이 있기 한참 전에 완성했으니, 이와 관련된 압수수색 역시 정중하게 거절하도록 하겠습니다.

행복이란 따스한 반죽
_《더 비틀스》

비틀스의 열두 개 스튜디오 앨범 중 아홉 번째인《더 비틀스》는 새하얀 겉표지에서 따온 '화이트 앨범'이라는 별명으로 더 유명합니다. 유명한 곡이 워낙 많이 수록되어 있어 얘깃거리도 그만큼 풍부한 앨범인데, 그중에서도 하나를 꼽자면 사이비 교주 찰스 맨슨(Charles Manson)이 〈Helter Skelter〉를 묵시록적 인종 전쟁에 대한 예언이라고 여겼던 일을 들 수가 있겠네요. 맨슨 패밀리가 벌인 살인의 동기도 이 예언을 실현하기 위함이었다고 알려져 있습니다. 그런 만큼 이 단편에서는 맨슨의 망상과는 완전히 반대 방향으로 흘러간 세상을 그려보고 싶었어요.

*

작중의 모든 소재는《더 비틀스》수록곡에서 가져왔습니다.

제목은 〈Happiness Is A Warm Gun〉에서, '9차 혁명'이란 설정은 〈Revolution 9〉에서, 두 등장인물 유리양파와 검은지빠귀는 〈Glass Onion〉과 〈Blackbird〉에서 각각 따왔어요. 한편 둘의 직업은 〈Ob-La-Di, Ob-La-Da〉의 첫 소절이 모티브입니다. "Desmond has a barrow in the marketplace/Molly is the singer in a band"니까 유통업자

와 밴드 보컬.

마지막 장면에 등장하는 초콜릿 맛은 전부 〈Savoy Truffle〉의 가사에 언급된 것들입니다.

*

《더 비틀스》 수록곡들이 대중적으로 유명하기는 하지만, 전 비틀스의 앨범 중에서는 《블랙 앨범》을 아주 조금 더 좋아하는 편이에요. 아, 압니다, 알아요. 재결성 이후 앨범은 비틀스 작품으로 안 치는 사람들이 더 많죠. 어디까지나 진짜 재결성이 아니라 '사실상의' 재결성이라서 비틀스 명의가 아니라 각자 활동하는 네 사람의 공동 명의로 발매되었으니 엄밀한 의미의 '비틀스 앨범'이라고는 부를 수 없기도 하고요.

하지만 오랜 비틀스 팬들이 뭐라고 투덜거리든 저는 《블랙 앨범》이 비틀스 활동기 최고 걸작에 비견될 만한 명반이라는 주장을 굽힐 생각이 없습니다. 물론 재결합 이후 첫 번째 앨범인 만큼 레논이 신비주의에 가장 깊이 빠졌던 시절의 가사로 가득한 점은 호불호가 좀 갈릴 수는 있지요. 그 점을 차치하고 본다면 음악적 완성도는 두말할 것 없이 뛰어나고, 무엇보다 그새 발전한 페로몬공학 기술의 영향도 있어 조향의 원숙함이라는 측면에서만큼은 오히려 전보다 낫다고까지 말할 수 있어요. 요코가 참

여했다는 이유만으로 덮어두고 욕부터 하는 아저씨들은 제대로 맡아보지도 않은 거라니까요? 그렇다고 제가 엄청나게 제대로 맡아보았느냐 하면, 일단 8세대 오피우쿠스 스테레오를 들일 공간부터 마련하고 다시 말을 꺼내야겠습니다만. 역시 무슨 일이든 부동산이 문제다······.

1324
_사도 요한

열두 편 중에서 열 번째면 슬슬 끝을 내다볼 시점이죠. 그러기 위한 단편의 소재라면 역시 사도 요한밖에 없다고 생각했습니다. 예수의 열두 제자 중 하나인 사도 요한은 전통적으로 《요한복음》의 저자 '복음사가 요한' 및 《요한계시록》의 저자 '파트모스의 요한'과 동일인이라고 여겨집니다. 그러니 어쩌면 세계에서 가장 유명한 예언자인 셈이고, 자연히 우리가 아는 세상이 과연 어떠한 방식으로 끝날지 상상하는 데에 가장 큰 영향을 끼친 사람이기도 하죠. 요즘 세상에서 종말을 상상하는 일은 SF의 특기이니 사도 요한도 어떤 면에선 SF 작가라고 부를 수 있지 않을까요?

＊

제목은 《요한복음》 3장 16절의 유명한 구절에서 가져왔습니다. "하나(1)님이 세(3)상을 이(2)처럼 사(4)랑하사"라고 외우는 방법을 교회에서 배운 적이 있거든요. 1＋3＋2＋4＝10이니까 열 번째 단편에 어울리기도 하고요.

작중 고유명사 여럿은 전통적으로 사도 요한과 동일인이라고 여겨지는 인물들의 호칭에서 따왔습니다. '파트모스'는 파트모스의 요한(John of Patmos), '조애나 에반젤리스타'는 복음사가 요한(John the Evangelist), 프로젝트 엘더와 프로젝트 어포슬은 각각 2세기 초 히에라폴리스 주교 파피아스(Papias)가 언급한 장로 요한(John the Elder)과 예수의 제자 사도 요한(John the Apostle)입니다. 한편 Cy-I 바이러스는 일본어 最愛(사이아이)의 발음을 따와, 요한복음에 반복적으로 등장하는 인물인 통칭 '예수께서 사랑하신 제자(Disciple whom Jesus loved)'에서 가져왔어요.

카나-만다툼 전쟁의 모델은 2022년에 대대적으로 발발한 러시아-우크라이나 전쟁입니다. '카나'는 혼인 잔치와 예수의 첫 기적이 있었던 가나(Cana)에서 따왔고, '만다툼'(Mandatum)은 예수가 제자들의 발을 씻어준 '세족식'을 의미하는 단어입니다. 두 일화 모두 다른 복음서에는 언급이 없고 오직 요한복음에만 등장합니다.

작중의 서술 일부는 《요한계시록》 구절에서 모티브를 얻었습니다. 숫자를 세어 보라는 조애나의 말은 "지혜가 여기 있으니 총명한 자는 그 짐승의 수를 세어 보라 (13:18)", 질병과 전쟁과 식량 문제가 차례차례 찾아온 것은 계시록의 네 기수(6:1-8) 구절에 대한 인기 있는 해석에서 착안한 것입니다.

＊

어릴 때 다녔던 교회에서 전도사님이 말씀하길, 신이 태초에 아담의 갈비뼈를 뽑아다가 이브를 만들었기 때문에 남성의 갈비뼈 개수는 여성보다 한 쌍 적은 열두 쌍이라더군요. 굉장히 유명한 속설이라 아마 들어보신 분도 많을 거예요. 이게 그냥 '속설'인 이유는 사실 여성과 남성의 갈비뼈 개수엔 전혀 차이가 없기 때문입니다. 놀랍지 않나요? 자기 갈비뼈 개수쯤이야 손으로 만져서 직접 셀 수 있는데, 그걸 확인하기보단 성경에서 맡은 내용을 문자 그대로 믿어 버리는 사람이 적지 않다는 뜻이잖아요.

이걸 가지고 종교를 놀려대는 일이야 쉬운 일이지만, 사실 권위 있는 모양새로 적힌 글이라면 내용이야 어쨌든 입안 가득 마시고 보는 경우가 종교만의 전유물은 아니죠. 몇 해 전에 세상을 들썩이게 했던 스타트업 '머사이어스' 사태를 생각해 보세요. 마약중독 치료 모임에서 신입 회원한테 추파를 던졌다가 퇴출당한 전력이 있는 작자가 CEO였는데, 그런 놈이 적당히 그럴듯하게 꾸미고 나와서 헛소리 좀 늘어놓으니까 순식간에 어마어마한 돈이 모였잖아요. 그러니 제가 이런 단편을 안 쓰게 생겼습니까?

그리고 그것은 정말로 새끼고양이였다
_《거울 나라의 앨리스》 제11장 〈깨어남〉

　전작인 《이상한 나라의 앨리스》와 마찬가지로 《거울 나라의 앨리스》 역시 총 열두 장으로 이루어져 있습니다. 아니, 전작과 똑같은 열두 장으로 맞추기 위해 루이스 캐럴이 구성상의 장난을 쳤다고 말하는 편이 올바르겠네요. 제10장 〈흔들기(Shaking)〉는 조금 긴 두 문장으로만 되어 있고, 제11장 〈깨어남(Waking)〉은 그보다 한숨 더 마셔서 딱 한 문장이 내용의 전부니까요. 10장에서 앨리스가 붙잡고 흔들던 거울 나라의 붉은 여왕은 점점 작아지고 둥글어진 끝에 11장에서는 완전히 고양이로 변해버립니다. 앨리스가 꿈에서 깨어난 거지요.

　이전 단편에서도 팬데믹 이야기를 했습니다만, 이번 단편은 완전히 신종 코로나바이러스 팬데믹을 모티브로 한 이야기입니다. 전염병 시국이 서서히 종식될 즈음에 쓴 글이고요. 말이 '종식'이지 팬데믹이 정말 끝났다기보다는 단지 그랬다고 적당히 합의한 모양새였는데, 이해가 안 되는 건 아닙니다. 전염병이 계속 유행 중이라고 하면 너무 힘들잖아요. 그러기보단 차라리 달콤한 환상에 좀 젖고 싶은 게 사람 마음입니다. 뭐, 그래도 언젠가는 꿈에서 깨어 씁쓸한 세계를 마주해야겠지만요.

＊

제목은 〈깨어남〉의 전체 내용인 한 문장에서 따왔습니다. "그리고 그것은 정말로 새끼 고양이였다(And it really was a kitten, after all)."

《이상한 나라의 앨리스》가 하트의 여왕이 지배하는 트럼프 카드 나라 이야기였다면, 《거울 나라의 앨리스》는 체스 나라의 이야기입니다. 그래서 앨리스를 포함한 주요 등장인물이 전부 체스 말에 대응되어 있지요. 이 단편의 고유명사들도 마찬가지로 모두 체스 말과 관련이 있습니다.

화자인 은정은 폰입니다. 우스꽝스러운 인터넷 밈 '폰은정'에서 가져온 거예요. 폰은정 밈의 원문은 루이스 캐럴이 제법 좋아했을 법한 논리적 말장난이라고 생각합니다.

은정의 친구 진홍은 킹입니다. 영국 록밴드 '킹 크림슨'에서 따왔어요.

고양이 프레디는 퀸입니다. 《거울 나라의 앨리스》에서 붉은 여왕의 정체가 고양이였던 것처럼요. 이름은 물론 '퀸'의 전설적인 리드보컬 프레디 머큐리에게서 따왔습니다. 작중에서 은정이 퀸의 팬이어서 고양이 이름을 그렇게 붙였을지, 아니면 공포영화나 게임에 등장하는 다른 '프레디'에서 가져온 이름일지는 저도 잘 모르겠습니다. 좋을 대로 생각해 주세요.

랜슬롯 박사는 나이트입니다. 아서왕 전설에 등장하는 기사 랜슬롯에서 가져왔습니다만, 인물의 모델은 미국

국립 알레르기·전염병 연구소의 소장으로서 신종 코로나바이러스 팬데믹 시국 내내 고생한 것으로 유명한 앤서니 파우치(Anthony Fauci)입니다.

히메지 연구소는 룩입니다. 유네스코 세계유산인 일본의 히메지성에서 딴 이름이고요.

체스 말 중에서 비숍이 빠진 이유는, 《거울 나라의 앨리스》 제1장에서 거울 나라의 풍경을 묘사하던 앨리스가 오직 비숍만 언급하지 않았기 때문입니다. 존 테니얼(John Tenniel)의 삽화에는 틀림없이 비숍이 그려져 있는데 말이죠. 아이작 아시모프는 연작 추리소설집 《흑거미 클럽(Tales of the Black Widowers)》(1974)에 이를 소재로 삼은 단편 〈이상한 생략(The Curious Omission)〉을 싣기도 했습니다.

작중의 곰팡이 감염 증상인 '우윳빛 눈물'은 미국 의학 드라마 〈하우스〉 3시즌 4화에 등장한 가상의 증상에서 따왔습니다. *Coccidioides immitis*라는 곰팡이 감염증이 우윳빛 눈물을 흘리게 만든다는 언급이 나오는데, 실제와는 거리가 멀다고 합니다.

＊

사실은 곰팡이에 감염되어 우윳빛 눈물을 흘리는 경우가 전혀 없는 건 아닙니다. 〈하우스〉가 꾸며낸 사례와는 완전히 다르지만요. 십삼지장 및 식도 진균증과 연관된 페로몬 과잉분비(Pheromonal Hypersecretion Associated with Tredemal and Esophageal Mycosis), 줄여서 PHATEM 증후군이라고 하는 질환에 걸리면 소화기관이 곰팡이에 감염되면서 내분비계가 교란되는 바람에 몸이 특정한 페로몬을 지나치게 분비하는 증상이 생기는데, 이런 증상이 심각해져서 체액의 페로몬 농도가 폭증한 결과 눈물이 희미하게나마 우윳빛을 띠게 된 사례가 몇 건 보고되어 있습니다.

물론 이 지경에 이른 환자가 드라마에서처럼 멀쩡하게 의사소통을 할 수 있을 리는 없지만 말이죠. 눈물 색이 바뀔 정도로 호르몬을 뿜어내고 있다면 무슨 말을 쉬어도 비명처럼 들릴 테니까요. 아무튼 의학적 오류와는 별개로 〈하우스〉 3시즌 4화는 새 등장인물인 레미 해들리를 맡은 올리비아 와일드의 연기가 정말 굉장한 에피소드이니, 기회가 된다면 한 번쯤 꼭 보시길!

구세주에게
_무함마드 알마흐디

대망의 마지막 단편입니다만, 마지막이라고 해서 뒤도 돌아보지 않고 한껏 제멋대로 쓸 수만은 없었습니다. 월간지에는 계절감이란 게 있으니까요. 모든 월간지는 12월 호에 크리스마스와 연말 특집을 싣기 마련인데, 제가 보낸 단편이 이러한 분위기와 지나치게 어긋난다면 편집부가 조금 곤혹스러워하지 않겠습니까? 지난 단편들이 조금 우울했던 점도 있어, 일단은 가능한 한 크리스마스 분위기에 맞춘 소재부터 고르기로 했습니다.

크리스마스는 구세주 예수가 이 땅에 온 것을 기념하는 날이죠. 하지만 세상에 구세주가 예수 하나뿐일 리는 없으니, 이슬람교 시아파의 분파인 12이맘파에서는 열두 번째이자 마지막 이맘인 무함마드 알마흐디(Muhammad al-Mahdi)를 구세주로 믿습니다. 12이맘파 교리에 따르면 서기 874년에 은둔에 들어가 다시는 모습을 드러내지 않은 알마흐디는 영영 세상을 등진 것이 아니라, 언젠가 기나긴 은둔을 마치고 돌아와서 세상을 구원하기로 예정되어 있다고 해요. 이처럼 멀리 떠나간 구세주를 기다리는 세상 이야기로 1년 동안의 작업을 마무리하고 싶었습니다. 왜, 고통으로 가득한 판도라의 상자에도 마지막엔 희망이 남아 있었다잖아요?

*

　모든 등장인물의 이름은 여러 종교 속 구세주에 해당
하는 존재에게서 가져왔습니다.

　아라디아(Aradia)는 미국의 민속학자 찰스 리랜드
(Charles Leland)가 1899년에 발표한 신이교주의 문헌
《아라디아, 혹은 마녀의 복음(Aradia, or the Gospel of the
Witches)》에 등장하는 인물입니다. 억압받던 농민들을 구
원하고자 지상에 내려온 구세주 마녀라고 하는데, 사실
리랜드가 발표한 문헌은 출처가 의심된다고 해요.

　셀라시에는 자메이카의 신흥종교인 라스타파리
(Rastafari) 운동에서 예수의 환생이나 선지자라고 믿는 전
에티오피아 황제 하일레 셀라시에(Haile Selassie)에서 따온
이름입니다. 셀라시에 본인은 신실한 기독교인이었기에
라스타파리 운동을 지지하지 않았지만, 그러거나 말거나
여전히 신자들은 그를 숭배합니다.

　마이트레야(Maitreya)는 불교의 미륵을 일컫는 말입니
다. 미륵이 언젠가 사바세계로 돌아와 중생을 구원하리란
믿음인 미륵신앙은 한국 역사에도 큰 영향을 끼친 대표적
구세주 신앙이죠.

　프럼은 바누아투 타나섬의 화물 신앙(Cargo cult)에서
섬기는 신화적인 인물 존 프럼(John Frum)의 이름을 가져
왔습니다. 2차대전 시기의 미국인으로 묘사되는 프럼은
언젠가 섬으로 돌아와 숭배자들에게 부와 풍요를 가져다

줄 것이라고 합니다.

＊

희망 이야기를 쓸 작정이었는데, 완성하고 나니 그렇게까지 희망찬 이야기는 아니게 되었습니다. 하지만 저는 최선을 다했어요. 앞서 말한 구세주들 중 그 누구도 아마 현실에는 나타나지 않을 것이고, 세상에 산적한 갖가지 문제들은 결국 우리가 하나하나 고생스레 해결해 나가야 하겠지만, 이를 알면서도 한없이 낙담하기보다는 그저 소중한 사람에게 따뜻한 말 내쉴 때를 놓치지 않는 이야기를 쓰고 싶었습니다. 때론 입천장에 와 닿는 그런 숨결 하나가 구세주의 도래보다도 절실할 때가 있잖아요? 여러분이 맡으신 책에서도 부디 제 의도가 잘 조향되었길 바라요.

이렇게 기나긴 이야기를 구구절절 늘어놓았습니다만, 그래도 만사에 끝이 있는 법이라 이제는 작가의 말을 매듭지을 때가 되었네요. 초단편 세 편을 합친 것보다 긴 후일담을 끝까지 들어쉬시느라 참으로 고생이 많으셨습니다. 분량만 많았을 뿐 실제로는 별 대단한 내용도 없었는데 말이죠. 이럴 줄 알았으면 작가의 말 따위는 그냥 빼버리고, 완전히 새로운 열세 번째 세계를 배경으로 한 단편을 대신 실어도 됐을 텐데요. 그렇죠?

하지만 저질러진 일은 저질러진 일이니, 열세 번째 세계를 상상하는 일은 제가 아닌 독자 여러분의 몫으로 남겨두도록 하겠습니다. 과연 또 어떤 형태의 세계가 가능할까요? 우리의 육체가, 우리의 생각이, 우리를 둘러싼 환경이 어떤 방식으로 바뀌고 뒤틀리고 부서질 수 있을까요? 변화의 결과물은 우리에게 익숙한 모습일까요, 완전히 다른 모습일까요, 아니면 둘 다일까요? 우리는 여전히 그 모습을 지금처럼 맡고, 보고, 들을 수 있을까요? 아무래도 질문을 던지자면 끝이 없을 것 같네요. 하지만 앞서 말씀드렸다시피 만사에는 끝이 있는 법이니, 저는 이쯤에서 슬슬 작별 인사를 내쉬도록 하겠습니다.

다른 세계 이야기는 여기까지. 현실에서 뵈어요!

2023. 13. 15.
이산화

작가의 말

앞서 읽으신 글은 작가의 말이 아닙니다. 《고교 독서 평설》에 2022년 1월부터 12월까지 연재했던 작품을 단편집으로 엮는 과정에서 덧붙인 〈열세 번째〉라는 제목의 새 단편이지요. 진짜 작가의 말은 지금 읽고 계신 바로 이 글입니다.

하지만 그렇다고 해서 〈열세 번째〉의 내용이 전부 꾸며낸 이야기라는 뜻은 아닙니다. 오히려 작중 서술 대부분은 엄연한 사실이에요. '완전히 다른 세계의 한 단면'이라는 단편집 전체의 주제와 들어맞도록 거기에 아주 약간의 허구를 첨가했을 뿐이지요. 조금 더 구체적으로 말씀드리자면 〈열세 번째〉에서 각각의 단편을 설명하는 항목의 세 번째 단락은 전부 허구로, 현생인류가 아닌 다른 형태의 인류가 문명을 이룬 세계의 이모저모를 드러내는 내용입니다. 나머지 부분은 소설의 분위기를 위해 단어를 조금씩 바꾼 것을 제외하면 대체로 사실이라고 보셔도 무방하겠습니다.

그러니까 '작가의 말'이라는 지면에서 하고 싶었던 이야기는 〈열세 번째〉에서 전부 다 했고, 이 글은 통째로 〈열세 번째〉라는 단편 하나를 설명하기 위한 사족인 셈입니다. 하지만 작가의 말 형식을 빌린 단편을 끝까지 읽은 독자라면 당연히 진짜 작가의 말도 끝까지 읽어주지 않을까요? 바로 그 점을 믿고서 굳이 이 글을 씁니다.

*

'열두 개로 이루어진 것 중 하나'를 소재로 삼은 단편 기획의 번외편답게, 〈열세 번째〉 중심 소재는 '열두 개로 이루어진 것의 번외인 열세 번째'입니다. 이렇게 가져온 소재들을 가지고 앞서 만든 열두 세계와는 또 다른, 얼핏 읽어서는 현실과 차이가 없는 듯하지만 실제로는 결정적인 차이가 있는 세계를 그려보고자 했어요. 혹시라도 이 부분을 미처 눈치채지 못하셨다면 이어질 해설이 조금 도움이 될 거예요.

1_현대물리학의 표준 모형에는 12종의 페르미온이 있습니다(쿼크 6종과 렙톤 6종, 각각의 반입자를 포함하지 않을 경우). 어떤 복잡한 수학적 곡예를 부려도 **중간쿼크**가 저기에 끼어들어 갈 일은 없을 거예요. 2011년에 현실의 CERN에서 일어난 야단법석은 페르미온 중 하나인 뮤온 중성미자가 빛보다 빠를지도 모른다는 관측 결과 때문이었는데, 착오가 있었던 것으로 밝혀져서 금방 잦아들었습니다.

2_**오피우쿠스 시스템**의 오피우쿠스(Ophiuchus)는 뱀주인자리를 뜻합니다. 황도대에 걸쳐 있어서 종종 열세 번째 황도궁이라고 불리기도 하는 별자리지요.

3_**인간종 개체 수 대전환**은 현실에서 일어난 적 없는 사건입니다.

4_올림포스 12신 목록에는 보통 **헤스티아**와 **디오니소스** 둘 중 하나만 포함되므로, 나머지 하나는 자연스레 열세 번째 신이 됩니다.

5_**야콥슨 기관(Jacobson's organ)**은 다양한 척추동물의 입천장 안쪽에 있는 기관으로, 페로몬을 감지하는 역할을 합니다. 현생인류의 야콥슨 기관은 퇴화해 흔적만 남아 있습니다.

6_**크로마뇽인(Cro-Magnons)**은 우리와 같은 현생인류(*Homo sapiens*)입니다. 프랑스의 크로마뇽 바위 은거지(Cro-Magnon rock shelter)에서 유골이 발견되어 이름이 붙었지요. 과거에는 초기 유럽 현생인류(Early European Modern Human)를 일컫는 말로도 널리 쓰였습니다.

7_**종말신경(Terminal nerve)**은 뇌신경의 일종인데, 인간에게는 잘 발달하지 않았기에 정확한 기능은 미상이지만 다른 동물의 뇌에서는 페로몬 감지를 담당한다는 추측이 있습니다. 일반적으로 말하는 인간의 뇌신경 열두 쌍에는 종말신경이 들어가지 않습니다.

8_**보습코 기관(Vomeronasal organ)**은 야콥슨 기관의 다른 이름입니다.

9_《**블랙 앨범(The Black Album)**》은 비틀스의 정규 앨범이 아니라, 비틀스 구성원들이 비틀스 이외의 명의로 발표한 곡을 미국의 배우 에단 호크가 모아서 만든 비정규 컴필

레이션 앨범입니다.

10_인간의 갈비뼈 개수는 성별과 무관하게 보통 열두 쌍입니다만, **열세 번째 갈비뼈(Lumbar rib)**를 가진 사람도 드물게는 있다고 합니다.

11_스타트업 **머사이어스**는 가룟 유다의 배신 이후 제비뽑기를 통해 새로 뽑힌 사도 맛디아(Matthias)에서 이름을 따왔습니다.

12_여러 중독 치료 모임에서는 '12단계 프로그램'이라는 종교적인 자기 통제 절차를 수행합니다. **머사이어스의** CEO가 저질렀다고 언급된 행각, 즉 치료 모임의 신입 회원에게 성적으로 접근하는 행위를 여기에서 따와 '13단계 밟기(13th Stepping)'라는 은어로 부르기도 합니다.

13_**PHATEM 증후군**은 현실에 존재하지 않는 병입니다. 또한 현실의 인체에는 **십삼지장** 대신에 십이지장(Duodenum)이 있지요. 십이지장은 길이가 손가락 열두 개의 폭과 같다고 해서 붙은 이름입니다.

14_현실에서 **레미 해들리**는 〈하우스〉 시즌 4부터 등장하는 인물입니다. 본명보다는 별명인 서틴(Thirteen)으로 많이 불리지요.

＊

자, 그럼 이젠 정말로 끝입니다. 진짜 작가의 말에 쓸 이야기도 이제는 작별 인사밖에 남지 않았으니까요. 그러니 혹시라도 가능할지 모를 열네 번째 세계를 상상하는 것은 작가의 말에 대한 작가의 말까지 꼼꼼히 읽어주신 독자 여러분의 몫으로 남겨두고서, 저는 슬슬 정말로 매듭을 짓도록 하겠습니다.

이번에는 진짜입니다.

2023. 10. 23.
이산화

수록 발표 지면

* 이 책에 실린 열두 개의 작품들은 2022년 《고교 독서평설》에 1년간 연재 후 수정을 거쳐 출간되었습니다.

전혀 다른 열두 세계

발행일 2024년 1월 22일 초판 1쇄

지은이 이산화
기획 그린북 에이전시·읻다
편집 이해임·최은지·김준섭
일러스트 지정
디자인 형태와내용사이
제작 영신사

펴낸곳 읻다
펴낸이 김현우
등록 제2017-000046호. 2015년 3월 11일
주소 (04035) 서울시 마포구 양화로 11길 64, 401호
전화 02-6494-2001
팩스 0303-3442-0305
홈페이지 itta.co.kr
이메일 itta@itta.co.kr

ISBN 979-11-93240-21-2 04810
ISBN 979-11-89433-70-3 (세트)